ちくま文庫

ライフワークの思想

外山滋比古

筑摩書房

目次

ライフワークの思想

第一章　フィナーレの思想

ライフワークの花

日本人はこれまで、ヨーロッパに咲いた文明の〝花〟を切り取ってきて、身辺に飾ることを勉強だと思い、それを模倣することをもって社会の進歩と考えてきた。大学教育なども切り花専門の花屋で、ギリシャ以来の名花をそろえ、これを知らなければ恥だと、学生に押しつけてきた。

これでは、いかにして花を咲かすかを考える暇は、もちろんない。しかし、花屋へ通ったおかげで、花が美しいということは知っている。そういう教育が普及した結果、サラリーマンにも切り花を買った人が増加したが、反面、花は適当に切りとられているもの、根がないものという錯覚を生んでしまった。

むしろ、花屋を知らなかった昔の人のほうが球根を買い、育てることができた。いまは切り花の知識で人生を始める。そのために、根がなければ花は咲かないという認識を欠いている。

最近、勤めをもつ人のあいだで知的な関心が高まり、自由時間を利用して精神的なものを求めようという志向が強くなったのは、進歩といってよいだろう。しかし、見わたしたところでは、その関心の半分以上は、咲いた花のほうに向けられていて、新しい流行の切り花を追うのに時間と努力が費やされている。これにも、それなりの装飾効果はあるにせよ、ひとしきりの花の命を楽しむだけで、散ってしまえばあとは何も残らない。といって、突然、切り花はだめだと禁止的になることも不可能だろう。さまざまの花の中からみずからの好むものを選び、その次に、どうしたらそれを自分の力で咲かせることができるかを考えてみたい。そこで、まず〝切り花から球根へ〟という発想の切り換えを考えたいと思う。

花といえば、世阿弥は『風姿花伝』の中でつぎのような意味のことをいっている。「三十五歳になって、芸というものに目覚めなければ、いくら修業してもモノにはならない。しかし、そこで目が開かれれば、自分の父（観阿弥）がそうであったように、老年になっても花が咲き、しかも散ることがない」

自由時間をいかに過ごそうかと考えている人々にとって、これは傾聴すべきことばではないだろうか。

どんなに貧しく、つつましい花であっても自分の育てた根から出たものには、流行の切り花とは違った存在価値がある。それが本当の意味での〝ライフワーク〟である。

学者でなくても、芸術家でなくても、あらゆる人にライフワークは可能である。しかし、現実に日本では「ここにライフワークあり」といえる仕事をした人はごくわずかしかいない。若い時は意気天を衝く勢いだが、すこし齢をとって管理職にでもなると、もういけない。首脳部になるといよいよダメになる。ところが、ヨーロッパにおけるライフワークは、文字通り生涯の仕事であって、晩年になって初めて結実する。この差は、自分自身の花か借りものか、根のついた花か切り花かという点にあるのではないだろうか。

＊

人生全体から見れば、自由時間は、小学校に入るまでと定年などで仕事の第一線から退いた後の時代ということになる。つまり、人生の初めと終わりに自由時間があり、真中は仕事である。ことに最近は、平均寿命が長くなって、定年後にはいつまでも暮れない薄暮のように時間が延々と続くことになった。

自由時間というと、いまの人は週休二日をどう過ごすかのことだと考えやすいが、人生の計画として問題なのは、むしろ二十年は続く〝薄暮〟のほうであろう。

いままでは、はじめにいっぺん充電したバッテリーを使い切るまで突っ走るという形で、仕事をしてきた。しかし、これからの社会では、絶えずバッテリーに充電するか、他日に備えてスペアをもっていないと危険である。いま勤めている会社に万一のことがあったら、スペアを使って生き抜かなければならない。それは単に保険の意味ではない。自分の生きがいとして、人生の豊かさにつながるところで、能力の備蓄、可能性のゆとりを持つことである。

毎週末の、あるいは毎日の自由時間は、こうした精神的な貯金をつくり、生涯の自由時間にライフワークの花を咲かせるために使われるべきだ。

そのために何をなすべきか。具体的な問題に触れる余裕はないが、ここでは〝カクテルと地酒〟の比喩で考えることにしたい。

バーテンダーはさまざまな酒をまぜてシェーカーを振れば、カクテルをつくることができる。これを飲んだ人は酔っ払うから、彼が酒をつくったような錯覚を抱くかもしれない。しかし、じつは一滴の酒もつくってはいないのである。

酒でないものから酒をつくった時、初めて酒をつくったといえる。ただし、その過程で失敗すれば、甘酒になってしまうかもしれない。酢ができてしまうこともあるだろう。必ず酒になる保証はないが、もし、うまく発酵してかりにドブロクでもいい、地酒ができれば、それが本当の意味で人を酔わせる酒をつくったことになる。

初めのうちは、銘酒と呼ばれるものができることはないだろう。しかし、どんな銘酒ももとをただせば誰かがこしらえた地酒なのだ。多くの人が公認したから銘酒になったわけで、最初から銘酒があるわけではない。

われわれは、地酒をつくることを忘れて、カクテル式勉強に熱中し、カクテル文化に身をやつして、齢をとってきた。そしていま、自分の努力によってではなく、思いもかけない四囲の事情によって、自由時間を持つことになった。

ここでまた、人々はジンの台（ベース）をどうするとか、ウイスキーはどこでなければいけないとか、バーテンダーの真似を始めるのではなかろうか。もちろん、すばらしいカクテルをつくってくれる人も必要だが、それで、酒をつくったように錯覚してはならないのである。すべての原料がそろったとしても、酒は一日にしてできるものではない。〝ねかす〟、発酵のための時間が必要だ。朝から晩まで酒のことばかり考えて、一日に何度も桶の中をつついたりしたら、かえって酒にはならない。

この〝ねかす〟期間は、多忙な仕事時間だと思う。身過ぎ世過ぎの仕事に追われて、しばし、酒造りのことを忘れるのは、むしろ、いいことといわねばならない。ふっとわれにかえって、ああ、自分には酒が仕込んであったのだと気づく。すると胸が妙に熱くなる。家路に急ぐ。こういう生活こそ自分の地酒をつくる基盤である。

いまのようにこの専門化された社会で、素人に何ができるか。プロの道は厳しい。アマチュアがときどき暇をみてはやる程度ではろくなものができない……という反論があるかもしれない。しかし、アマチュアこそ知的創造に適しているとも言えるように思われる。素人は大胆に知的冒険をやればいい。その後はプロにまかせて完成してもらうというのが、〝新しい酒〟をつくる方法だ。

アメリカでは、セレンディピティ（serendipity）ということばがよく使われる。日本ではあまり知られていないし、よい訳語もないが〝あてにしない偶然の発見〟とでも訳すのだろうか。

これは十八世紀にできた人造語で、セレンディプというのはセイロン、いまのスリランカのことだ。セイロンに三人の王子がいて、探そうとするものは出てこないのに、探しもしない珍宝をうまく発見するという童話が起源である。イギリスの作家ホレス・ウォルポールの命名である。たとえば、書斎でペンを探していると、昨日どうしても見つからなかった消しゴムが出てくるとか、行方不明の大事な葉書が出てくるとかいうのがセレンディピティだ。

何か目標を立てて、それを達成することも大切だが、予期せざる発見にも捨てがたい魅力がある。セレンディピティの発見は、アマチュアが自由時間に生み出す創造の可能性を教えてくれているように思われる。

＊

人生八十として、最初の十年間は物心がついていないので切り捨て、十歳から四十五歳が往路、四十六歳から八十歳が復路になる。その中間地点がマラソンでいう折り返し点だ。

これを一日単位にすると、昼の間が往路、夕方帰宅してからが復路である。いずれにしても、前半は進み、後半は帰ることによって自分のゴールに向かう。

ところが、サラリーマンの多くは、帰ってきても、前に進むことしか関心を示さない。前進だけがこれ人生と思っている。これではいつまでたっても、人生のゴールに入れない。

折り返し点を回ってからは、これまでとは反対のほうに走ることが前進になる。若い人とすれちがって、どうしてそんなほうへ走るのかと聞かれたら、「いや、私のゴールはこっちなんだ」というだけの自信がなければ、人生のマラソンは完了しない。

昔の人は、出家という形でみずから折り返し点をつくった。妻子を捨て、職業を捨て、頭を剃って仏門に入るということは、いかに生きるかという考え方から、いかに死ぬかという考え方に転じることだ。ところが、歴史上、そういう人がしばしばライフワークを完成している。後世に残る仕事だ。

いまのサラリーマンにとって、定年が折り返し点にあたるのだろうか。それでは少し遅すぎるのではないか。定年では、帰ってくるには遠すぎる。やはり、みずからの決意によって、出家的折り返し点をつくる必要があろう。それだけではなく、毎日の生活にも、小刻みな出家的心境を持つようにする。

定年という他発的条件を折り返し点とし、その後を〝余生〟と考える人が少なくない。しかし、われわれのマラソンには、余生などというものが、あってはいけない。出家的とは、決して勝負を投げるのではない。最後の最後まで、ゴールめざして完走するのが、超俗的で真の人生である。

もし人生が百メートル競走なら、スタートにおける五メートルの遅れは、決定的なつまずきになろう。だが、人生をマラソンと考えるならば、出足の遅速など問題にならない。マラソンのスタートでトップに立ったからといって、誰がその人の優勝を予想するだろうか。

学校時代の成績などは、マラソンでいえばトラックの最初の一周か二周かでの順位である。ところが、われわれはややもすると、人生を短距離競走のように考えて、〝初めよければ終りよし〟とばかり、スタートの順位が一生ものを言うようなことになりがちだ。

どんな秀才でも、うっかりして折り返し点を通り過ぎて、どんどん走って行けば、走れば走るほどゴールから遠ざかってしまう。エリートと呼ばれる人にかえってライフワークが少なく、むしろ何度か挫折した人が自分の折り返し点を発見して、晩年にすばらしく充実した人生を送るという実例は、いくらでもある。

自由な時間を上手に使うというのは、やれゴルフだやれマージャンだと、ぎっしりつまったスケジュールをこなすことではない。まず、何もしないでボーッとする時間をもつことだ。充実した無為の時間をつくることである、これがやってみると、意外に難しい。たいていの人は、空白な時間を怖れる。よほど強い個性でないと、ぼんやりしていることはできないのである。本を読むのも結構だが、読まないのもまた、きわめて大切な勉強である。週に一度は、家族から離れて一人になってみるのもいい。

自分だけの時間をつくることは、長い目でみれば、いちばんの精神的な肥料になる。自分のつちかった球根が芽をふき、葉をのばしたあと、どれだけ大きな花を咲かせるかは、過去にどの程度、実りある空白があったか、充実した無為があったかにかかっている。

空白の時間の中から、自分の知的関心をそそるものを探し出して、自由な時間の中で育て伸ばして行く。それは当面の仕事となるべく関連の少ないものが望ましい。囲碁にたとえるなら、石と石の間をぐっと離して、一見、関連のないような布石をすることだ。

やがて、人生の収穫期に達したとき、離れたように見えた石と石とが、おのずからつながって〝盤上ことごとくわが陣地なり〟という終局を迎えることができる。

これが、ライフワークである。

フィナーレの思想

ライフワークという言葉は、このごろわれわれのまわりで簡単に使われているが、あたりを見まわして、なるほどここにライフワークがある、と仰ぎ見るような仕事は案外少ない。したがって、この言葉を気軽に口にすることより、これを人生において実現することのほうにもっと努力すべきではないか。生意気ながらそう考えている。

日本の文化はだいたいにおいて若年文化だ。若い時には華々しくても、少し齢をとるとまたたく間にダメになってしまう。日本の音楽家は十代のときには国際コンクールで優勝したりするほど水準が高いのだが、二十代ではだいぶあやしくなり、三十代になるとすっかり元気がなくなる。

四十代になってカネをとれる音楽家は暁天の星のごときもの。どうして十代の天才が二十年経つとそうなるのか、音楽とはそういうものなのかと思っていると、外国から足もとが心もとないようなおじいさんがやってきて、聴衆をうならせる。日本の音楽家はなぜあんなにはやく齢をとってしまうのか、ライフワークというものはないのか。音楽家だけではない、学校の教師でも、会社員にしても同じであって、若い時には意気天を衝くごとき勢いがあるのだが、齢をとっても一向に円熟しない。――そういうことがどうして起こるのか？　もっと人生を全く生きることはできないのか？

そもそも勉強が足りないのではないか、と考える。本を読むのもだいたい三十歳どまり。それを過ぎるとめっきり本を読まなくなる。四十を越すと読んでいる本は小説くらい。だいたいはテレビと週刊誌と新聞で生きている。こういうことだから、知的に早く老けるのではないかと思われる。

もう一つ、ライフワークが育ちにくい理由に、明治以後のわれわれの文化が翻訳文化という特性をもっていることが挙げられる。前にものべたが、翻訳文化の社会では、文化の花はいつも海の彼方に咲いている。その花を切って持ってくる。しかし、この花には根がないから、花の命は早々と終って、散る。だからまた、外国の新しい花を切ってくることになる。そんなふうに明治から百数十年、われわれは何度となく切り花の輸入をし、ほかにはすぐれた文化の花はないように感じてきた。

したがって、じっくり腰を下ろして、この一筋を貫く、といったことをやっていると、いつまでもエンジンがかかりにくいことになる。その重圧に耐え得ない人は、切り花屋に、成り上がるか、成り下がるか、せざるを得ない。

ここ百年間のわれわれの文化とは、切り花屋の、枝と葉っぱの文化であって、根がなく、根のないものは年とともに大きくなるということが望めない。やがては散ってゆく。枯れてゆく。それにひきかえ、根のあるものは一時、葉の散ることもあろうし、枝の折れることがあるかもしれない。けれども、めぐり来て春になれば、再び芽ぶき、花をつけ、そして実をつける。われわれがほんとうの意味のライフワークを考えるとき、これまでのわれわれの社会がいかにライフワークに適していないか、まず考えてみないわけにはいかない。

＊

知識の分野で、古い知識はどんどん捨て去り、新しい知識をいち早く吸収して、それをなるべく早く社会的な効用に結びつけていこうというプラグマティズムが、いつの間にか社会に定着している。これは一面において日本の経済を世界的なものにまで発展させた原動力でもある。しかし、そういう成長の蔭で、われわれはきわめて大事なものを忘れた。植物のようにじっと根を下ろした思考や生き方を捨ててしまったように思われる。

ここでまたさきの酒とカクテルのたとえになるが、今の日本人の知識やものの考え方は、だいたいにおいてカクテル式である。よさそうな思想や技術を他人から借りてくる。企業は戦後、競って外国から技術導入ということをした。このために支払われてきた外貨は腰をぬかすほど莫大なものだ。それは単に企業の技術だけではない。われわれの生活のなかに入ってきている知識や知恵というものも、もとをたどってゆくと、多くは外国から借りてきたものである。自分たちの頭で考えたりつくり出したりしたのではない知識や技術を適当に混ぜあわせ、シェーカーで振って、カクテルをこしらえている。カクテルも酒なので飲めば酔いもする。それで、文化が栄えているというような錯覚を自他ともに持つこともできる。けれどもカクテルはあくまでカクテルなのであって、一生涯シェーカーを振っていても、バーテンダーには一滴のアルコールもつくることができない。

われわれが文化とか学問とか科学技術とかいっているきわめて多くのものが、実は舶来の酒を台にしたカクテルにほかならない場合が多い。せっかく外国からスコッチやブランデーが入ってきているのに、わざわざ下手な地酒をつくるのは間尺に合わないことだと秀才は思い、やがて、カクテルが唯一のアルコールだと思い込んでしまう。ところが、ほんとうの人間の生き方を考えると、他人がつくった酒をどんなに浴びるように飲んでも、ほんとうの意味で酒を知ったことにはならない。一生、研究生活をして、何千冊という本を読破したとしても、しょせん、カクテルの吟味役にすぎないのである。そういう人は、地酒の、ひょっとしたら、ドブロクや酢になってしまうかもしれないようなものをつくっている人とは人種がちがうのである。

自分でいかにして酒をつくるか。ヨーロッパの、今までわれわれがカクテルに使った酒は、誰かがこしらえた地酒だ。そうしたものを百年間、シェーカーで振ってよろこんでいた。そして近代文化というものをこしらえてきた。ほとんどの人は一滴のアルコールもつくれずに、一生を終る。そろそろこの辺で、できてもできなくても、酒をつくってみるべきだ。それに成功したとき初めて、日本は独自の文化をもって世界に相見えることができる。カクテルを逆輸出することなどができるものではない。

自動車やオートバイや船はどんどん世界へ輸出されているが、われわれの頭から生み出される、人を酔わせることのできるアルコールは、残念ながら明治以前のものしか日本から出ていない。昔の芭蕉であり、浮世絵、能であり、桂離宮であって、われわれが古い、封建的だ、過去のものだといって否定してきたものばかりが輸出できるのだから皮肉である。近代日本人の手になる日本人のための酒というものは、まだできていない。

　　　　＊

ビールをつくるには麦が必要だ。どんなに醸造の経験があっても、麦がなければビールはできない。人生の酒に必要なのは経験である。この経験を本などを読んで代用したのでは、カクテルになってしまう。やはり、その人が毎日生きて積んだ経験というものを土台にしなければならない。そして、それに加えるに、経験を超越した形而上の考え方、つまりアイデア、思いつきをもってする。経験と思いつきを一緒にし、これに時間を加える。この時間なしには酒はできない。時間は酒を〝ねかせる〟ため、経験とアイデアをねかせて作用させるのだ。頭のなかにねかせておいてもよいが、この二つのことを何かに書きとめておくのが便利である。そして、時々これを取り出して、のぞいてみる。のぞいてみて、何も匂ってこなければ、まだ発酵していない。何となく胸をつかれる思いをしたり、何か新しい思いつきに向かって頭が動き出す、――そういうことがあれば、そろそろ時を得て、酒が目を覚ましつつあるということである。人によって一年とか数カ月とか、発酵時間もさまざまに違う。

ケネディの経済特別顧問をしていたロストという人が経済学の論文を書いた。その始めに〝私はこの論文のテーマをハーバードの学生のときに思いついた。それ以来二十年間、私はこのテーマを忘れることがなかった。今やっとその問題に最終的な形を与えることができるような確信を得た〃といって、百ページ足らずの非常にすぐれた論文を書いた。この人が発酵に要した時間は二十年であったわけだ。

フランスのバルザックという小説家が、作品を書くときのテーマについて、やはり同じようなことを考えていたらしい。テーマになりそうな経験、思いつきを並べてねかせておく。ときどき様子をみるうちに、機が熟してくると〝テーマが向こうからやって来る〃と言っている。発酵したテーマは、こちらが何もしないでも、テーマのほうから働きかけてくるというわけだ。

テーマはねかせたまま忘れてしまってよい。そして、いくら忘れようとしても、どうしても忘れきれないもの、それが、その人にとってほんとうに大事なものだ。そういったものをもとにして思考を伸ばしてゆくと、酒になる。その酒は、カクテルのように口あたりはよくないかもしれない。しかし、これは酒でないものからつくった酒で、酒を寄せ集めたカクテルとはちがう。そのまま腐ってしまうカクテルではなく、年とともにコクの増す、芳醇なものなのだ。ほんとうの歴史をつくる力とは、こうしてできた本ものの酒なのであって、借りものでできるようなものではない。

＊

昔の人は出家ということをした。自らの意志によって今までの価値観を全部捨て て、それまでの価値観からすれば無にひとしいものに自分の残りの人生を賭ける。 そういう決意だ。現在においてはそういうことをするのはなかなか困難であるけれ ど、なおかつ、出家的心境にたつということは不可能ではない。たとえば、あると き豁然として栄達の心を捨てるとか、あるいは新しい価値観に目覚めるとか。

出家は、人生をマラソンのレースにたとえると、いわば折り返し点である。もし、 マラソンのゴールをなくしてどんどん走っていってしまえば、それは進歩のようだ が、マラソンのレースは成立しない。これまでの日本の文化も、折り返し点を持た ずにマラソンを走っているわけで、目標を持てずに挫折する。

ライフワークを考えるのに、人生にも、マラソンと同じく折り返し点を設けたい。 われわれの一生の歩みを、仮に平均寿命から八十年として、十歳から四十五歳まで と、四十六歳から八十歳まで、どちらも日数に直すと約一万二千余日になる。これ がマラソンでいう往路と復路で、一万二千日むこうへ走ったら一万二千日こちらへ還ってくる。

たしかに前へ走ることは進歩だ。だが、折り返し点ではそれまでの価値観をひっくり返して、反対側に走ることがすなわち前へ進むことになる。マラソンレースでなら小学生にもわかる理屈だが、人生のマラソンにおいては、折り返し点を過ぎたら、今までと逆の方向に走るということが、プラスなのだという発想の転換に達するのは生やさしいことではない。

エリートが齢をとるとだんだんつまらない人になってくるのは、彼らが一筋の道を折り返しなしに走っているからだろう。

前半の四十五歳くらいまでは、なるべく個性的に、批判的に、そして自分の力で生きてゆくのが、その人間を伸ばす力になるが、折り返し点をまわった人間は、もう小さな自分は捨て、いかにして大きな常識をとり込んでゆくかを考える。ときには純粋でないものがあっても、それがコクのある酒には必要なものではないかと気がつくようになる。

*

かつて東京都の小中学校長の平均恩給受給年限は二十〜三十カ月だという話をきいたことがある。つまり、定年で辞めると二年以内に亡くなっているということだ。定年は六十歳だから、平均寿命に比べて、なぜそんなに早く死んでしまうのか不思議だが、校長さんの人生にはフィナーレの思想が欠けているからではないか。辞めたときがフィナーレだと思ってしまう。人間〝道を聴いた〟と錯覚すれば、すぐに死んでしまう。〝朝に道を聴かば、夕に死すとも可なり〟という。校長を辞め、これでヨシと思えば、もう生きがいがなくなってしまいやすいことを統計が物語っている。個々の話を聞けばまた事情はちがうかもしれないが、なぜそんなに死に急ぐのか。フィナーレへの意欲、精神力に欠けては肉体も生きられないのである。精神力は肉体をも支配する。もし、それによって与えられた天寿を引き延ばすことができるなら、それをしも、真のライフワークということができる。

倒れる瞬間まで、刻々前へ向かって自分の充実をめざして進んでゆくというのであれば、最後の一日があるかないかということが、その本人にとってはもちろん、社会全体にとっても大きな違いとなるはずである。したがってライフワークとは、社会に評価されるような形になった、陽の当たっているところだけを考えるのではなく、人間の生き方のすべてに認められるのである。

折り返し点をまわると、いよいよゴール、つまり死に近くなってくるわけであるが、日本では昔から、このフィナーレが迫力に乏しかったように思われる。ひとつには〝身を退く〟という考え方があって、ある時期に達すると第一線の活動から引退してしまう。若い人たちに活動の世界をゆずろうというので、意味のないことではないが、その人個人の人生ということを考えると、この隠居、隠遁の思想というのはフィナーレというものの充実感をいちじるしく削ぐ。終りが曖昧になる。

〝余生〟というが、われわれのマラソンには、余生などというのがあってはならない。隠居を考える人生は碁や将棋でいう〝終盤の粘り〟に欠ける。もうだいたい勝負はついてしまった、と早いところで勝負を投げてしまうのが、どこか人生を達観しているようで、〝いさぎよさ〟といったようなもので把えられているのではないか。やはりわれわれは、最後の最後まで、このレース、勝負というものを捨ててはいけない。

あと何目か石を置けば、この死んでいるように見える石が生きかえるかもしれない。それをその石を置きそびれたために、それまでのたくさんの仕事をのたれ死にさせることがあるかもしれない。

〝画竜点睛〟という言葉がある。竜を描いて最後にその竜に瞳を入れると、たちまちその竜が天に昇るという。われわれの人生においても、最後にそのわずか二、三の石を置くと、今まで死んでいたと思われていた石ががぜん生きて、というすばらしい成果を挙げるかもしれない。

今まで死んでいたものをどうしたら生かすことができるのか、今までバラバラにやってきた自分の人生の断片を、最後へきて、どうしたら全体的な調和、ふくらみのあるものにしてゆくか？——そのことについて、残念ながらわれわれは、じゅうぶんな配慮をしていない。

西田幾多郎は、日本が生んだもっともすぐれた哲学的天才であろうが、京都大学を六十歳で定年になった。彼の業績のすぐれたもののほとんどは、それ以後に、まとまったのだという。人生の常識からいえば半ばはとうに過ぎた年齢であるが、そのときになってから、自分のそれまでの学問的な仕事相互につながりを与えて、そこに「西田哲学」といわれる体系をつくりあげることに成功した。まさにヨーロッパ流のライフワークといわれる例である。

ライフワークとは、それまでバラバラになっていた断片につながりを与えて、ある有機的統一にもたらしてゆくひとつの奇跡、個人の奇跡を行うことにほかならない。

第二章　知的生活考

再考知的生活

だれが言い出したか知らないが、これからはアイデアの世の中だという考えが広まっている。ある朝、目をさましたら、すばらしい着想が頭に浮かんでいる。そういうことを願う人がふえているらしい。最近は〝知的ブーム〟だそうだが、もし、そういうのを指すのだとしたらすこし気味が悪い。

アイデアの尊重とか、知的ブームとは、もともとサラリーマンの発想に根をもっている。一発で勝負、何かうまい手はないか、と考える。自分で考えるより、こっそり教えてもらった方が手っ取り早い。どこかに書いてあるのではないかというので、本を読む。それを知的生活のように錯覚しているとしたら、こっけいである。

かりにおもしろい知識をどっさり頭に詰め込んでも、成り金のお金と同じで、ながくは身につくまい。

二口目には〝考える〟〝考える〟と言うくせに、だいいち、何をどう考えるのかも考えたことがないのだからのん気なものだ。

ことばにきまっているではないかと言う人がいる。きまってはいないが、まあい。では、そのことばがどういうものかについて考えたことがあるのか。多くの場合、ノーである。

明治以降に生まれた多くの日本語には汗のにおいがしない。人間味が不足していること、プラスチック製の人形のようである。その冷たいところを鋭いと勘違いしている向きもないではない。

ことに、学術書や翻訳などの文章に使われていることばに生活からの遊離がいちじるしい。しかも、それを何か高尚であるかのように思い込んできた。翻訳文化の社会では是非もないのであろうか。

つまり、ことばの足が生活という大地についていない。そんなことばを使っていながら、ちょっと頭をひねるとおもしろいアイデアが飛び出してくるように考える人があれば、すこし楽天的でありすぎるように思われる。

以前、ものの考え方についてのエッセーを書いたら、読んでくれたM氏がおもしろいことを言ってよこした。

「自身のささやかな体験から〝血のめぐり〟が大切ではないかと思っています」という。たとえばピンポンをする、マラソンのまねをする、シャワーを浴びる――そのあと体が落ちついてくると〝血のめぐり〟がよくなるのが実感できる。そんなとき、フトいいアイデアが浮かんだり、日ごろスッキリしなかった問題の解決案がパッとあらわれたりする、と書いてある。

M氏は企画で生きる有名企業の最高首脳だから実感がこもっている。私はその手紙を読んでうなった。

〝血のめぐりの悪い〟人間がいる。そういう〝血のめぐり〟は比喩である。われわれは比喩を死んだまま使って平気でいるのに、Mさんは文字通りの〝血のめぐり〟をよくすることを考える。

＊

〝血のめぐり〟をよくしないで、いい考えの浮かぶわけがない。頭も体の一部。頭の血のめぐりをよくするには、体全体の血行をよくしなくてはならないのは当り前であろう。そんなことすらわからなくなるほど、現代は心身分離がいちじるしい。ことばで考えるのは技術的である。根本のところは体で考えるのでなくてはならない。体を動かさずに頭だけ働かすことができるというのは迷信であろう。

それではスポーツ選手はみんな哲学者になれるのかと言う気の早い人があるかもしれないが、そんなことではない。マラソンだけが体を動かす方法でもないだろう。雑談のおしゃべりなども口という体を使っている。気のおけない友人と時の移るのを忘れて浮世ばなれした話に打ち興じるのは、おそらく人生最大の愉《たのし》みのひとつだが、それが頭の血のめぐりをよくしてくれる。そういう清遊のあと、思いがけず仕事がはかどるということもある。

散歩がいいのは言わなくてもわかっている。逆に、夜ふかしは血のめぐりを悪くする。深夜机に向かっていないと仕事をしている気にならないというのは、よほど血のめぐりのいい人のゼイタクに違いない。凡人は危うきに近づかぬ方がいい。

横のものを縦にすることさえ億劫がるような人間が、ダイナミック（動的）な思考などと言う。空虚なことばの乱舞。

*

われわれは、本当に生きることをやめて、ただことばの上で生活、生活と騒いでいるのかもしれない。頭が体の一部であることも忘れてしまって、〝知的ブーム〟が生まれる。それとまるでかかわりのない別なところで〝スポーツ・ブーム〟がわいている。

わざと血のめぐりを悪くするようなことをしておいて、どうも頭が悪い、もないだろう。

「健全な精神は健全な身体に宿る」は、もと、願望形の「宿れかし」であったという。昔から心身が分離していた証拠である。後世、いまのように誤解されたのだが、これを文字通りマに受けて、心身の調和による新しい生き方を考えるべきではなかろうか。

日常生活の改造なくして知的生活はあり得ない。一日一日の生きかたにすべての文化の根源がある。

＊

現代人の生活はいかにも雑然としている。勤め先の仕事も複雑多岐にわたっていることが多くなった（簡単な仕事なら人間でなく機械にやらせる時代だ）。それだけではなく、余暇の使い方にも苦労がある。時間があったらスポーツをやりたい、見もしたい。趣味もひとつやふたつなくては淋しい。それに人とのつき合いがなかなか苦労だ。家庭にも結構あれこれ問題がおこる。

こういう部分、部分がバラバラになってまとまりがない。雑然としているから〝多忙〟という印象になる。こんなに忙しくては頭が変になってしまうと悲鳴をあげる。ひどくなると本当に自律神経に失調をきたす。現代はきわめて多くの人が無自覚ながらバランスの失調におかされている。

体の各部がケンカしたという昔の話がある。口、手、足、胃などがめいめいに勝手なことをし出してたいへんな混乱になってしまった、というのだ。五体は一見、バラバラなことをしているようで決してそうではない。ちゃんと全体としての調和のとれた有機的な運動作用をしている。

体をバカにし、頭の知能だけをありがたがっているうちに、複雑な部分の統合ということを忘れてしまった。それで自律神経失調的徴候に悩まなくてはならない。われわれには一点豪華主義への傾斜がある。ろくにゆとりもない生活をしている学生などがカメラだけは飛び切り高級品をもつ。無趣味な男が万年筆にこって名品をそろえる。何という目的があるのではない。ただ、そのゼイタクを楽しむ。貧しく平均した豊かさとは無縁だから、ひとつだけに限って思い切った豪華さを楽しむ。生き方にも似たことが見られる。一芸に秀でる、といえばきこえはいいが、仕事しかできない困った人がいくらでもいる。〝専門バカ〟ということばなども生活における一点豪華主義の批判だったと考えられる。よけいなことは知らない方がえらいと見られる。ものをきかれたら、専門が違うから知らないと答えると大物、あるいは、純粋だと評価される。戦争のあったことも知らずに研究室にいたという明治の学者は、末ながく美談の主になる。

＊

世の中がのんびりしていた時代にはそれでよかった。開放社会では知的一点豪華主義は通用しにくくなっている。万年筆には滅法くわしいが、文章を書くのはどうも苦手で、などというのはお愛嬌にもならない。

雑多なことが、それぞれ何とかうまくこなされなくては都合がわるい。仕事も趣味も家庭もバラバラではなくてうまく調和する必要がある。

それにはまず知と体との手を握らせることである。知育と体育が結びつかないのがインテリなら、一日も早くインテリは廃業したい。

これまでは人生を本のようなものだと考えていたのではあるまいか。よくまとまって筋が通っている。単元的なシンプル・ライフである。それに対して現代生活は雑誌のような人生を余儀なくさせる。多元的だ。

本でもまとまりの悪いのは困るが、雑誌に編集者（エディター）がなかったら、目も当てられない。エディターはそれほど重要な役割をもっているのに、わが国ではついこの間まで、それを見落としていた。

ここでエディター論をするわけにはいかないが、われわれはめいめいの生活に対してもエディターでなくてはならなくなっている。雑然とした断片が生活にまとめあげられるのには無自覚のエディターがほしい。

その編集がうまいか、まずいか、で毎日の〝生活の雑誌〟のおもしろさは違ってくる。うまくても、まずくても、われわれは毎日の雑誌を編み、毎月、毎年の雑誌を編んで、ついに人生の集積に達する。

＊

ひところ騒がれた〝遊びの文化〟はいわばこの人生の雑誌の埋め草である。気のきいた埋め草は誌面を引き立てるが、本文を忘れてはことだ。本文と埋め草の兼ね合いを考えるのがエディターの勘である。

部分的経験をしている自分のほかに、もうひとりの自分を育てる。生活の全体を見わたして、部分を調節するエディターの感覚をもった第二の自我である。

＊

たとえを変えるならば、多くの現代人の生活はオーケストラの交響楽に似ている。それぞれは雑然とした音を出すパートである。指揮者がそれをハーモニーにまとめあげる。

不調和なものを調和させるからこそ、そこに独特な美しさが生まれる。雑然とした現代をひたすら悪いときめてしまうことは当を得ない。いまのところ、まだ、ソロの独奏しか知らない人間が多くて、指揮者のいないオーケストラのようになりがちなために問題がおこる。

よく、落ちついてじっくり勉強したい、という述懐を耳にする。ソロの世界をあこがれ現実を逃避しようとしているのであろう。雑然とした多様の中においても、コンダクターがしっかりしていれば、すばらしい創造が可能である。

人生を芸術にする——これぞ最高の知的生活である。

分析から創造

雑誌の編集者は立案企画して原稿を依頼し、集まった原稿を適当に配列して一冊の雑誌をつくる。考えようによっては、他人のふんどしで相撲をとっているようなところもある。編集者自身は一字も原稿を書かないでも雑誌ができる。しかし、また考えようによっては、いかに執筆者がいても、すぐれた編集者がいなければ、おもしろい雑誌はできない。ちょうど、すぐれた演奏者の集団があっても、りっぱな指揮者がいなければ、よい交響楽が生まれないようなものである。編集者はみずから原稿を書かない。その限りでは、直接に創造的ではないが、書き上げられた原稿を統合して、すぐれたアンサンブル、全体を生み出す点ではすぐれて創造的である。

つまり、編集者は、第一次の創造には参加しないが、第一次的創造で生まれたものを素材とした創造、第二次的創造、メタ創造において大いに腕をふるうのである。第二次的創造は、社会が複雑になるにつれて、ますますその重要性を大きくするように思われる。

すでに存在するものを材料にして新しいものをつくり上げるこの第二次的創造は、何も編集者だけの専売ではない。さきにあげた指揮者もそうであるし、映画の監督もまた編集者的である。与えられているものを取捨選択して新しい全体にまとめる作業をしていることから言えば、編集者、指揮者、映画監督のような、いわば、統合の専門家だけのことではない。注意してみると、われわれは毎日毎日、無数の経験のなかから自分の関心に合致したものだけを選び出して「一日」をつくり上げているが、これも無自覚な編集の作業である。決して、一日のあるがままが「一日」になるのではない。無任の編集者がつくり出す日々の雑誌の集積がわれわれの人生というわけだ。人間すべてエディターなり。

そういう考え方を学習指導論、とくに知識整理の指導理論と結びつけると、どうなるか。

学習をエディターシップの観点からながめてみるのは、新しい考え方である。詰め込み教育が批判され、創造性の教育がやかましく言われているけれども、実のある具体的議論はわり合いに淋しい。それを思うと、〝エディターシップ的学習指導論〟も試みてみる価値はありそうである。

＊

子供にオモチャを与えると、しばらく、それで遊んでいるが、やがて、こわし始める。大人は、せっかくのオモチャをこわしてもったいないと言うが、子供にとって、遊ぶのに劣らず、こわすことが大きな創造的意義をもっている。もっとも、子供はその意義を自覚してオモチャをこわしているのではない。ただ本能的にこわさずにはいられないだけだ。こわせば、バラバラの部分になってしまう。その分解のプロセスが子供にとって、きわめて鋭い喜びを与えるのであろう。オモチャをこわすおもしろさの味をしめた子供は、つぎつぎにこわす。それが無自覚ながらオモチャを理解しようという気持に結びついていることがすくなくない。「わかる」は「わける」「わかつ」ことによって、複雑な全体をときほぐして理解することを言葉の上であらわしている。大きな単位では、情報が多すぎて、混乱する。わかりにくい。小さな部分に分解すると、わかりやすくなる。ものごとの理解に分析という方法が欠かせないわけだ。

人間はあまり多くのことを一時に理解することができない。十九世紀のスコットランドの哲学者にウイリアム・ハミルトンという人がいた。この人が、オハジキを床の上にばらまいて、あまりたくさんでは同時に見ることはできない、せいぜい七つまでであるということをのべた。ハミルトンがこれを裏付けるような実験的研究をしたかどうか疑わしいとされていたが、その正当性を明らかにした人がいた。その結果、人間の同時認識の限界は七つまで、個人差を上下二とすれば、七プラスマイナス二であるという説を出し、この七のことをマジカル・ナンバー（magical number）と呼んだ。

まとまったものは、もちろん、七以上の情報を内蔵していて、それを一度でわかることは難しい。だから、これを分析、分解して、マジカル・ナンバー以内の情報に小分けにしてわかろうとする。これが学習である。学習が、部分的、断片的な知識を主とすることはやむを得ないことである。小学校や中学校の児童生徒では、七のマジカル・ナンバーだって怪しい。三か五くらいのことしかわからないかもしれない。すこしずつ、すこしずつでないと理解できない。

学校教育では、一時に与える新しい知識の量が果して適当かどうかについて、これまであまり関心が示されなかったのではあるまいか。英語の教科書などでも、新しい単語が一ページの中にいくつも目白押しに出てくるような教材が載っている。大人の教師には平気でも、はじめて英語を習う生徒には、それを見て心が混乱して、学習の意欲を失ってしまうであろう。

近頃、ようやく、内容の精選ということが問題になり出したのは、おそまきながら結構なことである。しかし、その提示の仕方が当を得ないと、あまり効果があがらない。すこしずつに分けて、着実に新しいことを覚えさせて行く。こういう知識はどうしてもバラバラになって学習させることになるのは前述した通りである。それしか方法がない。体系立った知識をそっくりそのまま教授するなどということは、学習の段階ではとうていできない。

小出しに与えられた断片的知識を、小刻みに習得する。学習の方法はどうしても分析的にならざるを得ない。問題は、学習者の頭の中でいつまでもそのままにバラバラな知識としてとどまりがちなことであろう。理解するには分析して小さくし、すこしずつ新しいものを与えるほかはない。しかし、いったん習得した知識はバラバラなものではなくて、まとまりのあるものにしたい。この二つの立場を調和させるにはどうしたらよいのか。それに成功したとき、「知識は力なり」（ベーコン）と言うことのできる知識になる。いまの学校教育は残念ながらそうはなっていないで、切れ切れの知識がいたずらに集積している〝もの知り〟でしかないものを育てることが多い。

＊

バラバラになって頭へ入ってくる知識を、まとまりのあるより大きな単位に統合するにはどうしたらよいか。こういうまとめを重ねて行って、ついには体系のようなものにするには、どういう方法をとったらよいのか。

理屈はともかく、子供は、ある程度、無自覚に部分の統合ということを行っている。Aのことを思い出すと自然にBをも思い出すというような連想の法則によるものもある。あるいはAがA′、A″、A‴など同類のものとひとまとめになって記憶されているともある。これらのまとめは個人の偶然によることが多いから、人によってかなり違った統合をしている。ここで、学習における〝編集〟理論の可能性が登場する。学習する知識のひとつひとつが〝編集〟を受けるべき素材である。言いかえると、雑誌の原稿に相当する。雑誌の編集と違うのは、雑誌なら必要なだけの原稿を注文して書いてもらうのだから、たいていの場合、集まった原稿は全部使う。ところが、学習における〝編集〟は学習者の要求にもとづいて提供された素材、知識だけが教授されるのではない。むしろ、欲していない原稿がどんどん投稿されて集まってきて、混乱している編集部のようなのが子供の頭の中である。ひとつひとつの知識相互の関係もはっきりしていない。要約や整理をするにも、何を基準にしたらよいのかわからないのである。

そこで、丸暗記が行われる。へたに精選、整理をしようものなら、大事なことを捨ててしまうおそれがある。わけはわからなくても、とにかく全部覚えておけば安全だという考えである。これがいちばん手がかからなくて簡単だということにもなる。しかし、おもしろいことに、全部丸暗記したつもりでいても、しばらくすると、自然に、多くのことを忘れて行く。覚えているのはほんの一部でしかない。残っているのが、無意識の編集によって選ばれた部分で、それがその子供のつくった知的〝雑誌〟である。知識は編集によってのみ、われわれの頭に定着するらしい。たとえ編集を放棄した丸暗記の学習においても、なお、自然のうちに、知らず知らずの編集は加わっている。

そういう偶然、自然の編集に委ねておかないで、はっきりした統合を考えたらどうなるか。これからの知識論は当然ここに着眼しなくてはならない。まとまりをつくるのには、母型がなくては不都合であろう。その母体になるのが理解のモデルである。モデルとは、たとえて言えば、洋装店に立っているマネキン人形のようなもの。それにあれこれ衣裳を着せる。服があっても着せるマネキンがなければ、洋服らしく見えない。人間の頭に入っているモデルは、マネキンのようにきまり切った型をしているのではない。理解力のすぐれた子供は、このモデルのたくさん用意された頭をもっていることになる。

モデルがいくつも出来ていると、新しく入ってきた新知識は、適当にどれかのモデルを選んで、それに合わせて、これまでの既知の知識と関係づけられて理解される。モデルがないと、空中分解してしまう。

幼い子供でも、かならず何がしかのモデルに相当するものはできているはずである。モデルがなければ、ものはわからない。記憶していられないからである。だれでも三歳くらいまでの記憶がまったく欠けているのは、その年齢まではモデルができていないから、ザルに水を注ぐようなもので、頭に残らない。モデルができるにつれて、経験したことが記憶されるようになる。過去のことを記憶しているというのは、モデルが存在する証拠だ。

このモデルはどうして身につけるのか。学校は断片的知識の供給に忙しくて、モデルづくりにまではとても手がまわらない。おもしろいのはオトギバナシが有力なモデル形成の役割を果していることだ。オトギバナシをくりかえしくりかえし聞いている子供は、知らず知らずのうちに、物語性のモデルをいくつか仕込むことになる。ほかのことはさっぱりわからないが、ゴシップや通俗小説ならおもしろく読むという大人が世の中に多いのは、ごく小さいときに、オトギバナシでストーリーのモデルだけはしっかり身につけたおかげである。現代のマスコミも、この幼児期のモデルのおかげで繁栄していることになる。

もちろん、人間の知的活動には、物語のモデルだけでは充分でない。ところが、オトギバナシ程度にていねいに教えられる原型がほかにないので、有効にはたらくモデルがすくない。たとえば、算数、数学は、論理とか合理のモデルを提供してくれる重要な学科であるが、学科が知識化、技能化していて、モデル作成ということはあまり考えない。したがって、人間関係のストーリーには興味を示すのに、事象の関係を考える抽象はおもしろくない。難しいものときめてしまうことが多い。各教科は、知識を教えると同時に、その教科でなくては与えることのできないモデルを子供の心に植えつけるのだ、ということをもっとしっかり考えるべきであろう。それらのモデルは、当該学科の知識整理にとって、きわめて重要であるばかりでなく、一般的な理解作用の母型ともなるもので、教育の究極の目標もそこにあるとしてよい。

モデルがあるからといって、それですぐ知識の統合ができるわけでもない。モデルに合わせて、新入の知識は適当に取捨選択、変形、加工などを受ける。つまり、モデルによる編集がなされる。したがって、同じことを学習しても、モデルが違えば、理解もかならず違ってくるし、さらに、編集は当然、めいめいで違うから、その結果はさらに大きな異同を見せるだろう。理解はきわめて個性的にならざるを得ない。

＊

モデルと編集統合の個人差に着目すれば、十人の理解は十色に違っていて、つまり、独創的である。与えられたものをそのまま呑み込んでいるのではなくて、第二次的創造を加えている。しかし、この個性が創造的であると自覚されることはまれである。

新しく入ってきた知識が、それまでの既成のモデルのどれにもぴったりしないというところで、創造への第一歩である想像力の発動が見られる。モデルを母型として新しい情報を処理しようとするが、どうもうまく行かない。ただ、モデルに着物をきせるような風に理解が行われない、というとき、かりに、あるモデルを借りてきて、すこしのズレがあることは承知のうえで、しいて、両者を結びつけようとすると、それが創造になる。こういう創造のもっとも卑近な例は、アダ名の命名である。より高度な形では比喩とか類推とかになる。

考えてみると、いかなる新しい知識も既存のモデルにぴったりということはまずあり得ない。多少ともズレがあるはずだ。そうだとすれば、モデルによる理解はいずれも大なり小なり比喩の操作によるほかないことがわかる。知識をつくり出すのが第一次的創造だとするなら、知識を独自のパターンで同化するのは第二次的創造ということになる。第二次的創造の典型として編集が考えられるから、学習理論も編集理論と重なり合う部分がかなり多いはずである。このように考えるならば、創造性の教育ということも、それほど困難ではないことも了解されるだろう。われわれはだれでもすこし修業すれば編集者になれるのだから、その気になれば、創造的学習もできないはずはない。

発見について

自然科学では独創ということがすぐ発見というものに結びつくが、人文科学では、独創をただちに発見であるとは考えない風潮がつよい。だから、世間も発見といえば、自然科学だけのことのように思いこんでいる。これは正しいことであろうか。もし、人文系の諸学問や、さらには、人生の諸問題を含む社会現象について、発見ということが起り得ないのならば、それは学問の対象としても、さらには知的考究の対象としても、不適当なものといわざるを得ない。われわれは、そういう悲観的な前提に立つことを好まない。自然科学に比べて、歴史も古く、より複雑多岐な現象を含むだけに、体系化に手まどっているということはあっても、もっとも大きな知的勝利の一つである発見はいつの時代にも起こっているはずである。ただ、それが、自然科学の発見のような客観性を具えていないだけのことである。

事実、これまで人文系の諸学問が曲りなりにも発展をとげて来た、その要所要所には、科学上の大発見にも比肩すべき大がかりな新しい知見があったはずである。うらむらくは、人文科学の発見の一つ一つがそれぞれ体系をなすにはあまりに多様であるように見えるのである。発見が発見という名を冠されないで、たとえば「創造」というような名で呼ばれているのは、その間の事情を物語るものである。

ここでは、人文科学、さらに、人間一般について、発見は可能であるという観点にたつ。そしてその発見は、ニュートンの前でリンゴが木から落ちなければ起こらないような、いくつもの不確定要素がかさなってはじめて可能になる幸運な偶然としてではなく、その生起の背後には一定の理法がはたらいているものであるという考えをとる。その理法に着目することによって、発見を開発することができるはずだということになる。ここで人文科学について考えうることは、学問上の問題だけに限らず、人間の実際生活の現象の解決というような現実的問題にも適用されることを拒まない。

させておかなくてはならない。

＊

発見の方法を具体的に考えるに先だって、その基礎になる問題をまず、はっきりさせておかなくてはならない。

それは、比喩（あるいは、類推、比較）ということである。Aということを明らかにしたいときに、それをあらわすことばがなければ、そのAはことばであらわすことができない。その場合、それは概念上は存在しないと同じである。命名ということで、概念をあらわす語をこしらえる。

あらわすことばが一つでよければ、そのことばを造れば足りるのであるが、対象が複雑であると、一つ二つのことばの新造だけでは間に合わないであろう。そういうとき、比喩的表現が有効になる。これはあだ名によって対象を象徴するのに似ていようか。こういう比喩によって、第三者にその発見をある程度伝達することができる。名前の与えられていない事象は人間にとって見れども見えざる、あってなきがごとき状態にある。それにことば、名称、説明を与えることが、とりもなおさず、発見になる。そのことば、名称、説明は、ごくひろい意味において、比喩的ことばになる。

もともと、ものそのものをことばで示すことはできない。現象をことばであらわすこと自体も比喩でないとは言えない。アメリカの哲学者スーザン・ランガーは『新基調の哲学』の中で、次のようなことばを記している。「哲学的思考は、まず、不完全な、しかし熱烈な新しい概念の把握から出発し、次第に厳密な理解が得られるようになって、最後に、言語が論理的洞察に及ぶようになる。そこで、比喩がすてられ、文字通りの記述がこれに代わる。真に新しい着想は、それまでに用いられている言語では名称がないのであるから、最初期にはつねに比喩的記述を借りなくてはならない。したがって、論理的構造の端緒は必然的に外見上《アパレント》は奇想天外《ファンタスティック》な創造を特色とするのである。……」

近代において、比喩は、ほかに描写の方法がないとき、やむを得ず援用されるもので、できれば避けたいものと考えられている。比喩でものを言うのはあまり尊重されない。こういう常識は発見の心理にいちじるしく不都合であるといわなくてはならない。

新しいものを考える源泉には比喩、類推、というような広義の比喩作用がいつも背後にあることを認識しなくてはならない。人間がきわめて単純な知識から今日の莫大な知的体系を築き上げるに至った過程においては、この比喩作用があずかって大きな力があったと思われる。

この世にまったく新しいものは決してなく、どんなに新しいものでも、何らかの意味で、これまでのものとかならず何らかの関係をもっている。その何らかの関係が成立しうるというところが比喩の根拠にほかならない。これまでのあらゆる体系といかなる意味においても関係づけられないような、いいかえれば、いかなる意味の比喩も成立しないような事象がかりにあったとしても、それは人間を含む体系ではないといえよう。すべての知りうるものは、つねに、既存のものと何らかの関係づけ、比喩が可能なはずである。「比喩でにげる」というが、比喩は回避の原理ではなく、真理へ肉迫する方法である。

＊

これからのべようとする発見はいずれも、この広義の比喩に含まれるものである。いいかえれば、偶然ではなく、方法と考えてよいものである。それらは大別して五つになる。㈠数学的方法、㈡幾何学的方法、㈢物理学的方法、㈣化学的方法、㈤論理的方法である。以下、それぞれについて、すこし具体的にのべたい。

＊

まず、数学的方法について。これも、三つくらい考えることができる。

㈠アナロジー方法。abcがわかっているとき、a：b＝c：xとすることによって、まず、xの存在を発見し、次いで、その答えを求める。この数学的操作は、ひろく一般の問題においても、発見の方法として実用されているものである。この場合にはa：bを手がかりにしてcを求め、xをひき出すことも、a／cの関係を直観的比喩でとらえ、a－bからc－xをみちびくこともできる。要はa：bと同時にa：cの関係を見ぬくことである。前の項一つだけでは力をもつに至らないaがあるとき第二項のa／cを導入するところにこの方法の成立がかかっている。これは熟練するならば思考作用を経ない一瞬の思いつきで到達することができるようになる。一つ一つ例をあげるべきかもしれないが、省略する。

㈡因数分解の方法。XYZというような事象があるとき、各々の総体はちがっていても、これをそれぞれX＝a・b・d／Y＝b・b・d／Z＝c・b・dというように分解し、それから、共通項をくり出すならば、bd(a＋b＋c)ということが明らかになる。一見関係のはっきりしなかったものの間の共通的性格をとらえ、相互関係の発見が可能になるのである。これが一般に帰納的方法といわれるものを提供してくれる。分類などもこれによっている。

㈢順列組み合せの法。あるものごとが、一定の順序でならんでいるとする。その新しい可能性をさぐるときに、その配列をかえてみて、新しいものにめぐり会うことができる。a＋b＋cは算術的総和の論理上はb＋a＋cと同じであるけれども、力学的には同じではない。順序の問題には時間の要素が入って来るのである。同じaでも、その前方と後方とでは結合性がちがう。bにしても同じだから、a＋bとb＋aは結合状況がちがい、その「意味」も異なる。ものの順序が新しい意味を与えるとき、一つの発見になる。ことに、結合状況の固定化がつよい問題では、この順列組み合せの方法が役立つであろう。数学的移項の方法もこれに含めて考えてよいと思われる。

幾何学的方法は数学的方法の中に含めてもよいが、ことに有効なものが多いので、別扱いをするに値いする。

＊

㈠延長線の方法。幾何学において、ある図形の一部の線を延長して、そこに新しい思考の可能性を求めることがある。ABCDEFGHという一連の事象があるときは、そのAからHまでの線を延長した線上に、IJKLMなどがあることを疑ってよいのである。これは幾何学におけるアナロジーに当るといってよい。二点によって線が決定する幾何とことなり、一般の発見に役立つ延長線をつくるには、かなりはっきりした有効な線をまず気づくこと(これもそれ自体が発見である)が必要である。

㈡補助線の方法。ピタゴラスの定理の証明には補助線を用いる。ほかにも、ある図形の証明に、新しく線を引くことによって、それを足場にした論理的新天地へ到着することができる。これも考えようによっては比喩の一種である。そのままでは、解決しにくいことを、ある橋渡しをするものを導入して理解していくのである。

㈢相似形による方法。対象があまりに大きいとか、その一部が何かに掩われているかする場合、それを縮尺したモデルを考え、そのモデルによって求めるものを得る。そのときに相似形の方法が利用される。これは a：b＝c：x というさきの方法に対応する比喩の一種である。

㈣幾何学的変形の方法。三角形の面積は底辺の長さと高さが一定ならば、形をどのようにかえても、不変である。このことを利用して、総和あるいは積を変えずに、形を自由に変えることができる。そして、それによって、いままであるものをもとにして新しいものを見つけることが可能である。ことばでは、言いかえ（パラフレイズ）がこの変形に相当する。バリエーションもこの変形によって生まれる。

＊

物理学的方法。

㈠破壊の方法。いままであるものの一部を破壊することによって、それまでかくれていた部分を発見するもの。ディスカヴァー（discover）ということばの原義は、そういう破壊を内蔵している。ものが存在すると、そのものはそのかげにあるものをかくす。ものと同じように、知識もそのかげにあるものを掩蔽する。それで知識が多くなると、それだけものが見えにくくなる。常識のような知識はときどき破棄してやらないと発見する能力は低下する。われわれはだいたい知識は多いほどよいという知的蓄積主義に立っている。これは日常生活を円滑にするには結構なことであるけれども、この蓄積主義はそれだけ厚いスクリーンとなって、真理の認識を妨げていることを反省すべきである。偶像破壊は、発見に至る一つの道である。

㈡慣性利用の方法。慣性は物性の一つである。ある物体が一定方向に動いているとき、それを急に停止させようとすると、その進行方向へ惰性を生じる。これを利用すると、実際に存在しない力を生ずることができる。ABCDEFと展開しうるものをABCDEで、急停止させると、そのあとに、Fのかわりに F′というものが生まれる。このF′はFに対して一つの発見であり、さらにそのさきにF″F‴も考えられる。きわめてつよい感銘を与える本を最後まで読まずに、あえて、中途で読みやめてみると、いろいろな想像が刺激され、ついには新しい考えを生むことがある。それも一つの慣性の利用であろう。

㈢真空法。物理的真空は、ものを吸いよせ、ひき出す力をもっている。これに相当する真空をつくり出すことに成功するならば、それによって、新しいものを導き出すことができるであろう。どうしたら、そういう真空をつくり出せるかというと、二つのものを比較して、一方にあるのに、他方にそれが欠けていることを明らかにすれば、そこが真空になる。広い意味での比較が、つねにそういうエネルギーに結びつくことにあらためて注意しなくてはならない。

㈣コンフリクト・コントラスト法。異質のもの、あるいは、対照的なものが、接触あるいは、衝突するとき、そこに、いままで、気付かれなかったものが、顕現するようになる。比較の一種である。

㈤ショック法。常態にあるものではおこらないことを、ある特定の情況下に置くことによって、生起させる刺激方法である。条件をいろいろにかえて、新しい可能性を追究するのも、刺激法である。目がさめるようなという発見時の印象は、このショック法がはたらいていることを暗示する。

＊

化学的方法は四つある。

㈠触媒の方法。これは化学における補助線の方法に相当するものである。この触媒法については、T・S・エリオットが、「伝統と個人の才能」の中の比喩としてもち出したために有名になったが（個性は創造のための触媒剤であるというのがエリオット説）、一見、関係なさそうなものを導入することによって、新しい化合を触発させることが出来る。ほんのちょっとしたきっかけが古来、大発見の緒《いとぐち》になった例は多い。この場合きっかけになった触媒材自体は化学反応によって変化しないところがおもしろい。

㈡合成法。これは、あるものを分析し、それと等価のものを、別の方法によって、合成するものである。分析に対して、統合の原理である。要素への分解ということが前提になるが、それに成功していれば、要素をかえて新しい化合、合成をつくり出すことができる。陶器の釉薬の色彩などの発見はこの合成、新化合の方法によっているものが多い。

㈢発酵法。ABCDというものを一緒にして、しばらくある状態で「ねさ」せておく。すると、それから、たとえば、酒ができる。こういう新物質の発見は、人類がもっとも早く覚えた方法である。ところが、この方法をほかのことに応用するのは、ずっとおくれた。しかし、人間の思考が量的変化から、質的変化へ移るときには、つねにこの作用がはたらいているということができる。発酵作用の神秘はよくわからないが、発酵素と温度、湿度、時間などが必要な条件である。精神においてそれに相当するものを具備すれば、知的発酵による発見はある程度、任意に引き出すことができるはずのものである。

㈣蒸留法。まざりもののある液から純粋なものをつくり出すのに、蒸発させて純粋なものを得るのが蒸留法である。ビールが発酵酒であるのに対して、ウイスキーは蒸留酒である。これは不純部を除去するのに有効な方法である。不純物の混入しているものから純粋な新しいものを得るのに役立つ。

＊

論理的方法

㈠モンタージュ方法。ある対象の中にある重要な部分を選択し、それに新しい組み合わせ、配列を行って、新しいものを創り出すのがモンタージュである。自然のままの状態では、おもしろくも美しくもないものを、ある部分を強調し、順序を入れかえたりすることによってまったく新しいものになる。このときはたらくのがモンタージュである。モンタージュは、新しい論理として、きわめて重要なもので、芸術的発見はこれに負うところがことに大きい。映画の美がモンタージュによって発見されたものであることは周知のことである。

(二)論理的帰納による方法。これは幾何学でいう延長線の方法に対応するもので、一つ一つ論理を重ねて行くと、はじめは予期もできなかったものに到達することがある。

(三)関係づけの枠（フレイム・オヴ・レファレンス）を変える方法。われわれはつねにある立場からものを見ている。別なことばでいえば、色めがねを色めがねと感じないでかけてものを見ている。この色めがねに相当するのが関係づけの枠である。この色めがねをとりかえることによって、対象の中から新しいものを発見することができる。別の角度から見るということも、この枠、フレイムをかえることにほかならない。見解の相違とは、このフレイムの違った人間同士がおたがい同じものを見ていても違って見えることを言ったものだ。

(四)弁証法。AとBとが既知であるとき、その二者を正反として対立させ、その合力から「合」を求め、新しい論理的立場を得るのが弁証法である。これは、ヨーロッパの文化におけるもっとも有力な発見の方法として尊重視されて来たものであるが、これは話し合い、妥協、批判などにおいてもっとも効果を発揮できたからであろう。人文科学において、弁証法のみが真理探求のロジックのように考えられることが多いが、すでにのべて来たところに照してみてもわかるように、決してこれのみが唯一の方法ではない。むしろ、はっきりした二者の対立がないとき、いいかえると二元論の認められないとき、これは作用しない欠点があることも忘れてはならない。

＊

さいごに虚心。これは方法ではない。心のもちかたである。発見するには、成心があってはならない。何とか発見してやろうというような緊張があってはならない。かたくなな心ではだめである。心を半ば空しくしている必要がある。純真で、素直でなくてはならない。ものにおどろく力を失わないようにしなくてはならない。目をふさいで新しいものを発見しようとしても無理である。目をあけていても、一つの方向に釘づけされていては充分に見ていることにはならない。人間にはあるがままに見ることはほとんど不可能であるが、なるべくあるがままに見えるようにする虚心が、発見には大切であろう。セレンディピティという発見がある。これも方法ではないが、虚心の発見だと考えることもできる。

心がかたくなでは、こまかいヒダの間にかくれている真実にはふれられない。心をやわらかにしていれば、物に即することができる。「則天去私」の心境にならないと、発見はむつかしい。偉大なる無知、心を空しくしていて、見えるものが真に新しい世界である。

人文科学や、日常生活の中で、発見を行うには、この虚心ということがいちばん大切かもしれない。虚心ということがあってはじめて、ここにのべた発見の諸方法もはたらくようになるであろう。

忘れる

ただすることがないから、というのではヒマであるとは言えない。目のまわるような忙しい生活の中で、何かのはずみに見出されるしばしの間の仕事からの解放、それがヒマである。そういうヒマの価値は仕事の価値に比べて一般に承認されるのが普通おくれる。仕事だけしていると、仕事そのものの能率も下って来るのは古くから気づかれている。しかし、仕事からの解放を意味する「遊ぶ」ことはあまりよくないこととされてきた。それをレクリエイションとかレジャーというように呼びかえて、その効用を認めるようになったのは、ポジティヴな仕事の価値に対してネガティヴな価値が発見されたことを物語るものである。

文化や社会の成熟が高まらないと、ネガティヴな世界の美しさを認める余裕が生まれてこない。

ある人の頭が良いというとき、ものを覚える記憶力のよい人のことを意味していることが多い。したがって、ものを忘れやすいのは頭の悪い証拠である、ということになる。われわれはいつも覚えたことは忘れまいと努めている。忘却を恐れながら生活していると言ってもよい。事物や知識を記憶することの価値はだれしも疑わないのに、ものごとを忘れることの意義はほとんど問題にならない。

精神生活の歴史においては、いまだに、素朴なポジティヴィズムの時代にあるのであろうか。すくなくとも、学校教育はそれを脱していないように思われる。ものごとを教える――覚えさせる――のにはあらゆる努力が払われるのに、忘れることの価値は考えられることすらない。むしろ、忘れたといっては、ひどい目に会わされるのだから、学校が忘却恐怖症の発祥地であると言ってよかろう。

ものごとをよく記憶していることが頭のよさになる、という考え方の裏には経験主義がひそんでいる。なるべく多くの過去の情報を蓄積していることが、生きて行くのにそれだけ大きな力になる、それには入手した知識は手放さないようにしなくてはならない、もの覚えがよくなくてはならない、ということになる。

ところが、文化にはこの経験主義ではどうにもならない分野のあることが認識されるにつれて、記憶の権威もすこしずつゆらいで来る。伝統とか蓄積が成長の原動力とならずに、しばしば、停滞をまねくことが気づかれると、君子の豹変が悪いことではなくて、望ましい飛躍と考えられるようになる。

＊

忘れるとは一体何だろう。

一度学習した情報を、意志の力では回想したり再生したりできなくなる状態をさすとしてよい。情報というのは形式と内容に分れるが、忘れるのは、情報の伝えられるコトバであることが多い。形式を忘れてしまっていても、内容であるものごとそのものは何らかの状態で頭に残っていることがある。この場合、それを引き出して来る手段であるコトバ、名前が忘失されてしまっているために、情報内容そのものも忘れられたものと扱われることになりやすい。

忘れるのは主としてコトバの問題である。

本当に理解されていることがらでも、それを表現するコトバが失われていれば、それは忘れられたことになる。はっきりしたことは覚えていないが、こんな感じだった、というようなとき、ありのままをはっきり覚えていて再現できる場合よりも、ときにはかえって深い理解であることもある。

われわれがものを覚えるのは、ものの名前、ものをあらわすコトバを覚えることである。記憶はものごとをコトバを手がかりにして頭の中へ引き入れる。したがって、もしコトバがものごとと直結していないと、コトバだけどんなに覚えてみても、ものごとの理解には一向に役立たないことがあるはずである。しかし、多くの場合、コトバは大なり小なりものごとと結びつけられているから、コトバを覚えることがものごとの代償経験になり、したがって、ものごとの理解につながるのである。

ここで、忘却というのは、まずコトバについて起ることに再び注意したい。コトバがものごとと不離一体であるならば、コトバを忘れることはものごとそのものを忘れることにもなろうが、コトバとそれが現わすものごとは分離可能な関係にある。したがってコトバは忘れても内容は忘れていないことがありうる。ただ、その内容をとらえて動かす手段であるコトバが忘れられていると、思い出そうとしても出てこない。結果としては、内容も忘れられたと同じようなことになるが、しかし、これは忘れられたのとは区別して考えなくてはならない。

人間の頭は一見、雑然といろいろの知識経験を盛り込んだ大きな書物のようなところがある。コトバという索引がないと、本文の中から求めるものをさがし出して来ることができない。忘れるとはこの索引の失われることである。しかし、本文が同時に消失するとは限らない。もっとも、せっかくの本文も、索引がなくては利用できず、宝のもちぐされのようになる。記憶が尊重されるのは当然だと言ってよい。

しかし、逆にこういうことも考えられる。記憶がよくて、すべてのことを覚えていて、インデックスの完備した本のような頭をもった人は、どうしても索引によってしか内容にふれられないきらいがある。もし、索引がどんどん消失してしまえば、直接本文に接するほかはなくなる。経験や知識のナマの姿にふれることが真の経験理解に資するのならば、索引によっているより、索引を失った方がかえってよいということになる。

こう考えてくると、コトバは知識や経験をわれわれの頭の中へ運びこむのには不可欠の道具であるが、いったん頭に入ってしまったら、もうそのコトバはご用済みである。忘れても差し支えない。もちろん、インデックスとして残しておけば他日参照、すなわち、思い出す手がかりになって便利ではある。しかし、それが、われわれと本文との関係を間接的なものにするのだったら、かえってない方がよい。忘れた方がよいのである。

忘れてしまえば、コトバという掩蔽にさまたげられないで、ものごとに直接にふれることができるかもしれない。これこそ本当に生きることである。コトバの眼鏡を通じて見える世界を現実と混同する知識人の錯覚は、教育を受けた人たちが、あまりにも記憶能力に依存した認識を行っていることに起因するのである。

＊

コトバの忘却が忘却のすべてでないのはもちろんである。内容そのものの忘却もありうる。むしろ、この忘却の方が根本的である。

忘れると言っても百パーセント忘れてしまうのではない。いわば精神の風土の中でおこる風化作用のようなものとも言えるが、もっと化学的な変化であると考えた方がよいかもしれない。記憶しているものにしても完全にもとのままが記憶されているのではない。覚えているつもりの小説の筋がいつのまにか変形していることがよくある。ここでも化学的変質の作用が無意識のうちに進行していることを想像させる。

ものを覚えるときの手続きは、まず、コトバによって機械的に学習を行う。そうすると「頭に入った」ことになるが、まだ、不安定な状態である。ただし、思い出そうとすれば、再生は比較的に容易である。こうして頭に入ると共に変化がはじまり、重要な部分とそうでない部分とに区分けされるらしい。もちろん重要でないとされた部分から忘却がはじまる。コトバが忘れられて想起できなくなるのもこの段階である。しかし、まったく何の痕跡ものこさないほどに忘れることはきわめて難しい。

学習されるものは外来のものである。覚えただけのものはまだ借り物と言ってよい。それが頭の中で消化、同化作用を受けてはじめて精神の糧として骨肉化される。忘却はこの消化と同化の作用になくてはならない消化剤である。

この忘却過程を経たものが深層の精神の中へ沈降して行く。それは暗く音もないドロドロした生命の源泉として横たわっている。もちろん、意志や思考によって、これは客観化することや意識化することはできない。どんな記憶力のよい人でもこの超言語の深層部にあることを告げることはできない。それは夢の形によって不随意的にあらわれるにとどまる。われわれが「忘れてしまった」と思っているものが案外もっとも深い自我を形成しているかもしれないのである。生まれてから幼児期までのことはたいてい覚えていないが、三つ子の魂百までといわれる永続的個性がその間に養われる。記憶とか、忘れるとかは要するに精神の表層世界の問題であることに気づくであろう。それに固執することは深い世界の発達のさまたげにならぬとも限らない。

*

知覚の作用は、無意識的に、あるいは意志的に、おびただしい外界の刺激を受けている。受けとられた刺激がインプレッションである。逆に知覚作用、その他行動を通じて外界にはたらきかける広義の表現活動エクスプレッションがある。しかし、入って来るインプレッションの方が出て行くエクスプレッションよりも圧倒的に多い。この両者のバランスをとる役割を果すのが忘却である。かくれた表現行為であり創造活動であるということにもなる。

忘却が消化・同化作用であるとのべたが、インプレッションは忘却によって解体、変容、変質させられる。そこに人間精神がたくまずして行っている創造を認めて差し支えないであろう。一般に創造というものは忘却と意外に近い関係にある。

インプレッションが入って来るだけでは精神はたちまち自家中毒を起してしまう。新陳代謝が活発になるには摂取におとらず排泄が重要である。忘れるのは排泄作用であるといってもよい。学校では摂取あって排泄なきがごときことが行われやすいために、せっかくの知識そのものが活動の源泉にならず、かえって、精神を毒することすらすくなくない。優等生といわれるような頭の持ち主が概して創造的でないことも思い合わされる。

ものを覚えることは学校で教えるが、いかにしてうまくものを忘れるかという教育は行われない。ものを覚えるのも苦労だが、忘れるのはもっと難しいとも言える。努力ではどうにもならないことがあるからである。しかし、よくしたもので、自然はわれわれに強力な忘却促進剤を与えてくれている。一日一回これを服用することによって、自家中毒の危険はまず免れられるのである。促進剤とは睡眠である。もし、眠れなくなると、精神はたちまち異常を呈する。

摂取するインプレッションが多すぎたり、あるいは頭の中をきれいにしたいときは、目のさめているときでも忘却を促進するための活動が必要になって来る。レクリエイションである。肩のこらない本を読むのも頭の中のものを忘れるレクリエイション効果がある。テレビもしかり。散歩ものを忘れ、さっぱりした気持になるのに役立つ。新しいことを考え出すのに散歩がよいといわれるのは偶然ではなかろう。

しかし、概して、われわれはものをうまく忘れることが下手である。刺激のつよすぎる現代生活において、これを処理しきれないで精神的不調を訴える人が急増している昨今、忘れる術を研究することは焦眉の問題でなければならない。教育においても詰め込み主義の形式的な批判にとどまらないで、忘却による調和という積極的な考え方に転換する必要がある。

＊

去るものは日々に疎し、ということばがある。月日のたつにつれて、いなくなった人のことは次第に忘れて行くということである。時がたつにつれて忘れるのは、空間・時間のどちらにも、ものの姿を変え、消して行くはたらきがあるからである。これをかりに黒板ふき（エレイザー）効果と呼ぶならば、一般に空間と時間にはエレイザー効果があるということになる。しかし、ものごとが本当に理解されるのは、このエレイザー効果をもった時空を経過してからである。そうでない学習――典型的なのは一夜漬の試験勉強であろうが――はすぐ忘れてしまう。忘れにくくするには、時間をかけて、忘れやすくしながら、覚えることである。そうすると、覚えたものは身につき深層化する。

言いかえると、生活の中へエレイザー効果のある時間、空間をなるべくたくさんもちこむことが、理解を促進することになる。

＊

ものごとをよく覚えている人はこれまでの経験によって未来を予想することもできるけれども、その反面、過去にこだわり、それにとらわれることにもなりやすい。過去だけでなくて既得の知識にとらわれるのである。感情生活においても保守的持続性の長所と短所が考えられる。安定してはいるかもしれないが「ねちねち」したところをすてきれない。

それに対して、忘れっぽい人間には安定感が乏しいかわりに、流れる水のごとく自然で、ものに悪く執着しないよさがある。たいていのことはさっさとあきらめ忘れてしまう。明日には明日の風が吹く。そこには解脱に似たものが認められる。

われわれの国の文化は元来、そういう無常観を特色としているように思われる。すくなくとも、禅などのねらっている解脱や悟道は、コトバの理をはなれ、ものの実相にふれること、ものごとに執しないことを理想としているように見受けられる。

活発に忘れるならば、心はいつも新しいものを迎えるゆとりをもつことができる。同じところにしばられたり固定したりしていないために自由であり、変化もできる。一つのことに集中したら、いや、一つのことに集中できるには、ほかのことがなるべく干渉しないように一時的に忘れていなくてはならない。それが忘我、無我夢中である。そういう状態でのみ、われわれは真に深い自我の発動による精神の営みを行うことができる。小さな知識を後生大事に抱えていては、新しく大きなものが現われても、それを摂取することが難しい。頭はいつも文字を拭き消してある黒板、何も書かれていないタブララサ（白い板）の状態であることがのぞましいのである。それが結局、真に感ずること、真に知ること、真に生きることになるであろう。

文化は生活と経験の持続、蓄積を前提としている。学問も文化の伝承の機能をもつ限り、知識の保持、記憶はその重要な役割であるといわなくてはならない。しかし、こういう文化や学問のあり方がやがては自らを衰亡させて行くことは、歴史が教えているとおりである。そういう文化の自壊に対して自然によって用意されている安全弁が忘却である。創造の源泉もまたそこに発する。どうしてもわれわれは忘却恐怖の呪縛から逃れることを心がけなくてはならない。

第三章　島国考

パブリック・スクール

イギリスに、パブリック・スクールという私立の学校がある。パブリックは「公の」という意味が普通だから、この名称は誤解を招きやすい。さらに具合の悪いことは、アメリカでパブリック・スクールと言えば、公立学校のことである。混同をさけるために、イギリスの私立のパブリック・スクールを、イングリッシュ・パブリック・スクールと呼ぶことがある。

「紳士」という言葉は、今日ではいくらか揶揄の意をこめて用いられることが多いけれども、明治以後の日本では、一時、新しい西欧的人格を代表するものであった。そして紳士はイギリスのものと決っている。その英国紳士、イングリッシュ・ジェントルマンを養成するのがこのパブリック・スクールである。わが国がイギリスから受けたさまざまな文化的影響、さらには、百年におよぶ英語教育の歴史を考えると、イギリス紳士の発祥地であるパブリック・スクールは、もっとわれわれに周知のものになっていてもよさそうなものである。それが、実際はそうでないのは、それ相当の理由がなければならない。その一つは、大変わかりにくい学校だからである。

今は故人であるが、神奈川学園の佐藤善次郎氏が、かつてイギリスの文部省に当る役所へ赴いて、「パブリック・スクールはどういう学校か」と訊いたら、「わからない」という返事がかえって来たという（『鵬程四万粁』）。外国人などに説明しても分らぬだろうから、というのでそういう返事をしたのではないことは、たとえば、ノーウッドという教育学者の著『英国教育制度』のような本が、やはり、この学校を定義することは不能だとのべていることからしても想像できる。

パブリック・スクールは、全校生徒の寄宿制度をとる。普通の学校の概念とちがって、学校生活は教師と起居を共にする寮生活と区別することができない。したがって、パブリック・スクールを本当に知るには、そこで生徒としての生活を送ってみることが必要になって来る。

日本人でパブリック・スクールの生活を経験した数すくない人々の一人である池田潔氏が、自分の経験を中心にこの特殊な学校を見事に描き出したのが『自由と規律』(岩波新書)である。パブリック・スクールの内側は、池田氏のような人でないとわからない所が多いから、そこで営まれている学園生活などは、この名著にゆずることにして、ここでは、パブリック・スクールがどのような沿革をもち、どういう発達をして来たか、ということを歴史的に眺めて見たいと思う。

＊

どこの国でも、教育機関は、はじめまず、大学に相当する最高学府から発達する。ついで、その予備門ができる。庶民のための初等教育の機関はずっとおくれてでないと生まれない。ことに国が行う義務教育となると、さらに遅く、二百五十年以上の義務教育の歴史をもつ国は世界に一つもないと言われている。しかし、いったん、義務教育による初等教育が確立すると、その上に、中等教育、高等教育が整備される。初等教育から、中等教育へ、さらに高等教育へ、下から上へと順を追って発達するのが近代教育である。それに対して、古い伝統のある大学を中心にして、下へ向って発達するのが、前近代式教育である。ヨーロッパの大陸諸国では、古い大学も、近代教育の組織が確立すると、いちはやく、その下から上への系統に適応した。ひとりイギリスのみが、今日も、上から下へ向う制度を保持している。すなわち、オックスフォード、ケインブリッジ両大学から、パブリック・スクール、その予備の小学校であるプレパラトリ・スクールという系統である。もちろん、それと別に下から上への系統、小学校、中等学校、一般大学（俗称として、「赤レンガ大学」などといわれてオックスブリッジと区別される）もある。ほかの国では、後者の下から上への制度に切り換えたのに、イギリスにおいては、下向き系統が根強く生きつづけている理由として、㈠イギリスには階級意識が強いこと、㈡保守主義、伝統尊重の観念が強いこと、㈢理論より実践を重んじ、理論だけで現実を変革することを好まないお国柄であること、などが考えられる。

この上から下への古い姿の教育制度において、もっともイギリス的なのが、このパブリック・スクールである。

＊

パブリック・スクールの歴史を語るものはトマス・アーノルドに触れないわけにはいかない。今日パブリック・スクール的と考えられている教育上の特色は、もとをたどれば、アーノルド博士が、ラグビーというパブリック・スクールの校長として改革を行った結果が、他校の範とされて広まって制度となったものだからである。したがって、パブリック・スクールには五百年の歴史をもつ古い学校もあるが、このアーノルドがラグビー学校校長に就任した一八二八年を一つの基点として、それ以前とそれ以後とに区別して考えるべきである。

パブリック・スクールの前身というか、この名で呼ばれるようになる前は、オールド・グラマー・スクール（古い文法学校）といわれ、ラテン文法を教える学校であった。もっとも古いものは十四世紀からルネッサンス期にかけて設立された。当時は、ラテン語の知識が職業上必須のものであった。僧侶、法律家、官吏、みなラテン語が必須である。文法学校は、貧しい庶民の子弟に職業教育を与えるために建てられたものが多く、設立者も、教会、病院、中世的ギルドなどの団体で、慈善ということがその動機の中にあった。

たとえば、イートン学校は、ヘンリー六世によって建てられた文法学校であるが、はじめは決して貴族的な学校ではなかった。貧しい英才を給費で教育した。貴族は、自分の子弟を職業につける必要がなかったから、職業教育を行う学校へ入学させるようなことをしなかったのである。また、文法学校は大体において宗教的色彩が濃く、ことに、清教徒的なところがあった。このことも、貴族がラテン文法学校に冷淡であったことに関係がある。こういう学校がのちにきわめて貴族的性格をもつようになったのはなかなか興味のあることである。貴族階級が学校教育というものに関心を示し出したのは、十八世紀からと考えられている。当時の学校が教えていた三科・四学（文法・修辞学・論理学・数学・音楽・幾何・天文）のいわゆる自由七科が、ようやく職業的実用を失い、教養的価値の性格をはっきりさせるようになり、あわせて、宗教的色彩がいくらか薄らいで来て、貴族は文法学校へ子供を送るようになったのである。

十八世紀から十九世紀にかけての文法学校は、リットン・ストレイチの言うところを借りれば、「専制と無統制が入り乱れ、公然たる蛮カラが、オーヴィッドの文章の重箱をほじるような授業と同居した。名校長も生徒を鎮めることができない。毎週日曜日、校長は全校生徒に説教しようとするが、生徒に騒がれて口を開けない。時には、説教中に鼠を放って大騒ぎを起すものが出る。そうかと思うと、月曜日には、ラテン語の母音の読み方が間違っているといっては、「鞭でたたかれる」という学校であったのである。無味な文法教育一点張りで、道徳教育の方はでたらめに近いものであったらしい。そのころ主だった学校七校がパブリック・スクールの名で呼ばれていた。

＊

一八二八年、その七つのパブリック・スクールの一つ、ラグビー学校の校長のポストが空いた。パブリック・スクールはすべからく改革されるべし、という世論を後任選衡に当った理事会は充分に尊重しようとした。たまたまオックスフォードのある学長から「トマス・アーノルドが校長になれば、イギリスのパブリック・スクールは、面目を一新するだろう」という推薦状が届いた。理事会はためらうことなく、この無名の青年に白羽の矢を立てた。アーノルドは三十三歳であった。

推薦者の予言は適中し、アーノルドは着任早々、ラグビーの改革に着手した。その効果はたちまちにしてあらわれた。やがてその改革は、他のパブリック・スクールにおよんで範とされて、「ラグビー・システム」と呼ばれるようになる。今日から見ると、全くアーノルドの独り芝居のように見えるのが十九世紀前半のパブリック・スクールの歴史である。アーノルドのやったことはたしかに時流に乗ったものであった。

七つの大きなパブリック・スクールのほかに、十九世紀中頃、新たに二十に近い学校が、いずれもラグビー・システムによる寄宿学校として建てられた。これらもパブリック・スクールと呼ばれるようになる。

しかし、これらの新しいパブリック・スクールが、みながみな、ラグビー学校の成功に刺激されて生まれたものと見るのは、いささかセンチメンタリズムであろう。さきにものべた、パブリック・スクール改革の要望が世論であったことを思い出してみる必要がある。パブリック・スクールに対して社会につよい関心があるからこそ、現状に対する不満が生じ、改革を望む声となる。アーノルドは、それらの声なき声に、現実の形を与えた人物であったにすぎないのかもしれない。さらに、別の具体的社会情勢の変化もパブリック・スクールの発達を促していたと考えられる。ことに、十九世紀中葉に、堰を切った水の勢いで新設のパブリック・スクールが出来た裏には、それなりの社会の動きがあった。

まず、イギリス全体が富んで来て、ことに中流階級が非常に豊かになった。階級の区別のきびしいイギリスで、新しく金持になったものが本当の上流階級になろうとする願いは切実、強烈である。その願望をスノッバリーと言う。新興の中流階級にとって子弟を貴族的な学校へ入学させることは、上流階級へ仲間入りするもっとも確実な方法であると考えられたのは自然である。

つぎが、鉄道の発達。一八二〇年に鋼鉄のレールが出来て、鉄道が飛躍的に発達した。このため遠隔の地から名のある寄宿学校へ集るものが急にふえた。また、イギリスが海外に多くの植民地をもつようになり、多数の植民地官吏が母国を後にしていたが、彼等は一様に子供は本国で教育したいというつよい気持を抱いていた。寄宿制のパブリック・スクールはそういう植民地の官吏の希望に合致する存在であった。

社会的情勢を背景にパブリック・スクールが発展したことを物語るのは、父兄の職業と学校とに結びつきが出来たことである。マルバラ校は教師の子弟のパブリック・スクールであり、官吏の子はウェリントン校へ入ったという風である。一八二八年、アーノルドのラグビー学校校長就任にはじまったパブリック・スクールの展開は、上述のような社会情勢も手伝って、一八四二年から一八六二年までの二十年間に二十校の新設校を見て、一応、おちつきを見せた。この二十年間を近代パブリック・スクールの上昇期とすることが出来る。その展開が一段落したところで、王命調査委員会が設けられて、パブリック・スクールの実態を調査することになった。一八六八年のことである。パブリック・スクールという呼称は、この委員会が作成した報告書の中において、はじめて公式に用いられた。パブリック・スクールが国家から正式に承認されたのはこの一八六八年であったのである。それはそれとして、注目しなければならないのは、上昇期を終って最盛期に入っていたと思われるパブリック・スクールを調査したはずのこの委員会は、その報告書の中で、「理事会の全員改選」を命じ、「新理事会は新たに学校規約を起草し、枢密院に提出して、その検閲を受けるべきこと」を規定するなど、きわめてきびしい線を出していることである。パブリック・スクールの内部に刷新を求めた行政措置と見られるが、同時に、ここにパブリック・スクールは制度としてはっきりした性格をもち、完成したことを示している。

その二年後の一八七〇年には、「教育法」が制定され、イギリスでは、はじめての義務教育の制度化が行われた。これは明治三年に当り、わが国の学制発布は明治五年であるから、イギリスはわが国より、わずかに二年早く義務教育に踏み切ったにすぎない。とにかく、この「教育法」は、大学から下へ向いている中世的教育制度とは逆の方向の系統の第一歩を印すものである。さきの王命調査委員会の報告書は、教育の流れに新しい方向が生まれたこと、したがって、従来の教育制度に対するある種の力が加えられたことを暗示するものであった。一八二八年から一八七〇年までのパブリック・スクールは上り坂であったが、一八七〇年を境にして、また新しい性格をもつようになる。

一八七〇年ごろまで、イギリスの教育の中心は、パブリック・スクールとオックスフォード、ケインブリッジ両大学で、それ以外には学校らしい学校はないと言ってよかった。ところが、「教育法」が制定されてから、急速に公立学校が国家、社会の教育的関心の的になるようになった。パブリック・スクールも両大学も私立学校である。パブリック・スクールは、その新しい時勢に対処して、自らの性格を意識する必要が出て来た。一口に言って、それが一八七〇年以後のパブリック・スクールの歩んだ道である。

＊

話は前後するが、一八二八年から一八七〇年までの上昇期のパブリック・スクールの性格を考えるには、やはり、アーノルド校長のことを語らなければならない。学校内の規律、パブリック・スクールの本質的特色だといわれるようになった組織は、多く彼の人格と信念から生まれたものだからである。

校長就任の事情は前にのべた。初めから改革者と期待されていたことは、改革者にとって好都合であったと思われる。アーノルドは税関吏の子と生まれ、三歳のときに父親から二十四巻本の『英国史』を貰うほどの神童であった。オックスフォードを出てからは田舎で教師をしていた。人柄はきびしく、清教徒的なところがあったといわれる。「つねに悪と闘う人」でもあった。中流階級出身の信仰心の篤い人間だったわけである。

混乱をきわめた十九世紀初頭のパブリック・スクールに対して、世人は大きく言って二つの要求をもっていた。すなわち、

㈠教科内容の刷新

㈡道徳教育の徹底

である。功利学説以来、人々は役に立ちもしない、昔ながらの古典語教育に愛想づかしをし始めていたし、学校内の規律の乱れは、ことに教会関係者から、はげしい指弾を浴びていた。

アーノルドは就任の事情から言っても、こういう要請は充分に承知していたはずである。しかし、彼の生い立ちと人格は、道徳教育の面の改革に専念させる結果になった。これが上昇期のパブリック・スクール制度の性格を決定し、その影響は今日にまでおよんでいる。

アーノルド校長は自分の学校を「キリスト教的教育の場」とすることを、まず改革の第一の目標にした。生徒に向って繰り返しのべた言葉の中でも、「第一が宗教的道徳的規律、第二に紳士的行動、第三が勉学」とのべ、これがラグビー学校の三大目的だと強調した。

アーノルド校長時代のラグビー学校を舞台にした学校小説として知られている『トム・ブラウンの学校時代』の中にも、父親が入学する子供に対する願いとして「この子が、勇敢で、世のためになり、嘘を言わないイギリス人、紳士、キリスト教徒になってくれれば、ほかに望むことはない」と言わせている。勉強してほしいとは言っていない。教科の近代化は、ラグビー・システムでは置きざりにされてしまったのである。アーノルド校長は教科の近代化に対してきわめて微温的態度をとった。たとえば、せっかくフランス語を教えはしたものの、「死語（ラテン語）のように」勉強すればよいと考えた。幼にして英国史を読んだというにしては、歴史教育にも冷淡であった。自然科学には敵意を示し、全然、教えなかった。「生徒に主要学科として物理を教えるよりは、むしろ、太陽が地球のまわりを廻っていると信じさせておいた方がましだ——キリスト教徒が学ぶ必要のあるものは、キリスト教的学問のほかにない」、といった今日から見れば暴言と言ってよい言葉を吐いている。

アーノルドの教育は専ら精神教育であったわけで、とりわけ、礼拝堂を中心とする教育を行った。校長が礼拝堂で行う説教が生徒訓育の大本であると信じた。毎日曜夕刻の礼拝が生徒にとって一週間のうちでもっとも印象的な一時であるように、と配慮されていた。どの生徒も壇上の校長の人格力に打たれたという。

訓育の徹底を期するため、いわゆる「第六学年級」(最上級生団)を組織した。この第六学年級は元来は、中等学校卒業試験に合格したあと、なおパブリック・スクールに留る、いわば補習科、専攻科のようなものであったが、アーノルドはこれを正常の生徒組織に編入し、これに下級生の取り締りの権限を与えた。寄宿学校であるから、朝から晩まで日常生活全般にわたって下級生の行動を支配することになる。下級生はそういう上級生に対して絶対服従でなければならず、また、上級生の雑用をするファッグという下級生があり、昔の軍隊の従卒みたいなことをやらされた。第六学年級は、校長以外に対しては、一切責任をとる必要がなかった。

ラグビー・システムでは、校長は生徒を個人的によく知っていなくてはならない。父が今病気だから、あの生徒は元気がないのだなというようなことを校長は一目で分らなくてはならないとされるのが特色である。そのためには、生徒数が多くてはいけない。四百から五百が限度だと言われる。これでは授業料が高くならざるを得ない。いままでは、中流階級の人でも教育ローンを利用して子弟をパブリック・スクールへ入れているらしい。これがパブリック・スクールをいや応なしに、貴族、上流階級の学校にしてしまうのである。

アーノルドの教育は、精神的宗教的教育で、それは、古く文法学校といわれた草創期の教育精神を復活させたとも言えるもので、全く新しいものではなかったかもしれない。それにヴィクトリア朝の国家主義的風潮が加味された。このキリスト教徒とイギリス人という複合概念が「紳士」である。ラグビーの教育は結局、紳士の教育であった。

アーノルドの改革を見ていると、イギリスの政治や社会にあらわれる独特な改革の形を見る気がする。新しさを忘れるのではないが、一足飛びにそれへ赴かない。つねに古いものを保持しつつ新しさを求める。G・K・チェスタートンはそれを「妥協」（コンプロマイズ）という言葉で表現している。イギリス人は、この一見、にえ切らないコンプロマイズのおかげで、いくつかあったかもしれない革命を経験しないで済んできたのである。

＊

一八七〇年以後、パブリック・スクールはゆるやかな下降線をたどったと言ってよい。その下り坂のパブリック・スクールを端的に描いているのが、わが国でも愛読された、ジェイムズ・ヒルトン作の『チップス先生さようなら』である。

この小説は、イギリスが次第に社会主義になり、新思想が興り、科学振興が叫ばれ、宗教の力が凋落のきざしを見せる、など、いずれもパブリック・スクールにとっては好ましくない社会の動きが出て来る時代を扱っている。それは一八七〇年から一九一八年（第一次世界大戦終結の年）までの期間である。

内容の紹介の必要もないほど有名な作品であるが、舞台はブルックフィールドというパブリック・スクールである。これは池田潔氏が生徒だったリースという学校をモデルにしたものとされている。作者ヒルトンの母校である。主人公チップス（本名ではなく綽名）は、ちょうど一八七〇年、このブルックフィールドへ転任して来るところから話は始まり、一九一八年十一月十一日の休戦日に辞職するまで四十九年在職する。その間、論語の筆法を模すならば、チップスは、「四十歳にして学校に根が生え、全く幸福」「五十歳にして職員の長老」「六十歳にして生きたブルックフィールド」と言われる。

こういう一介の教師の生涯を、ふんだんにヒューマーを混えて描いているが、その「六十にして生きたブルックフィールド」という箇所へ来ると、ふと、このチップス先生の生涯が、パブリック・スクールの象徴ではないかということに気づかされる。この小説をチップス＝ブルックフィールド＝パブリック・スクールという前提で読むことは、必ずしも正しいとは言えないが、パブリック・スクールの歴史を考えるに当っては、ほとんど抗し難い読み方である。

さきにふれた上昇期のパブリック・スクールを部隊とした『トム・ブラウンの学校時代』は学校内の世界がすべてで、外の社会には全然目が向けられていないのに対して、『チップス先生さようなら』の方では、学校に吹きつける社会の風、外界の動きがつねに注意されている。『チップス先生さようなら』のテーマは、パブリック・スクールをめぐって見られた、新旧の調和というところにあるのであろう。主人公のチップスは伝統を代表しており、二度、新しい勢力と衝突することになっている。そして二度ともそれを切り抜ける。

初めは、キャサリンという二十五歳の女性の出現。時にチップスは四十八歳。彼女はイプセンを読み、自転車に乗り、婦人参政権を主張する世紀末の「新しい女性」である。チップスの女性観では、女はロマンチックで、かよわく、従順なものでなければならなかった。キャサリンはまさにその正反対の女性である。二人はとうてい理解し合えないはずであった。ところが、実際には、ふとしたはずみで知り合うと、美点を認め合い、愛し合うようになって、結婚する。この新旧の結びつきについて、この小説は、

「キャサリンの方が頭が良かったので、たとえ反対したくても、彼は彼女に反駁出来なかった。政治に関しては、彼女からあれほど急進的議論をきかされるのにもかかわらず、彼は頑として抜くべからざる保守であった。しかし、受け入れはしないものの、彼は吸収はした。彼女の理想主義が彼の成熟円熟に作用して、おだやかな、きわめて賢明な合金をつくった」

とのべている。ここに言う合金とは、さきのコンプロマイズのことである。かりに、チップスをパブリック・スクール、キャサリンを新しい時代の象徴ととれば、さきの引用は、そのままパブリック・スクールの歩んだ道をのべたことになる。

第二の新旧衝突は、新しくブルックフィールドの校長として着任した秀才の青年

が、チップスに辞職を迫ることをきっかけにして起る。校長の不満は、チップスの教授法が旧式で、教育効果も上っていない、要するに職務に忠実ではないというのである。

チップスは、キケロという新しい正しいラテン語の発音を受けつけず、依然、生徒にシセロと言わせている。また、彼のクラスは成績が振わず、中等学校卒業資格試験を不合格になるものも多い。それが校長ににらまれた理由であるが、チップスは心の中で反抗する。「学校は工場かなにかのように経営するものではない。釣合の感覚とヒューマーの感覚を教える所だ。これは試験して点数をつけるわけには行かない」。いくらかのごたごたはあったものの、結局、伝統がものを言って、チップスに軍配が上ってしまう。伝統の力の大きさに驚いたのはチップス自身である。

この第二の危機もまた、パブリック・スクールの経験した困難を象徴している。校長は新しい教育の能率主義を代表し、チップスはやはりパブリック・スクールである。チップスが校長から受けた非難は、そのまま、パブリック・スクールが当時、社会から受けていた批判に通ずるのである。しかし、それを、何とかして切り抜けて行く。それを可能にしているのが伝統の力である。

『チップス先生さようなら』の主人公は、たしかに保守的であるが、旧式一点張りの人間ではない。結構、すこしずつは、前へ進んでいる。ただ、顔はいつも過去の方へ向け、うしろ向きになって進んでいるのである。前進の方向を決める基準はつねに過去である。同じように、パブリック・スクールの特色も、うしろ向きの前進というところにある。

キャサリンがチップスに向って「私は未来に目を向けているのに、あなたは、いつも過去をふりかえっていらっしゃる」と言っているが、これはその辺のことを指しているととってよい。アーノルドの改革も、一部、古いものの復活であり、それに新しいものを融合させたが、やはり一種の「合金」であり、ここに言う、うしろ向きの前進であった。

＊

パブリック・スクールの教育の目的は何であるか、この問題にも人によって違った答が出されている。すでにのべたように、アーノルド校長は、㈠宗教的道徳的規律、㈡紳士的行動、㈢知的能力、を目的としている。『トム・ブラウンの学校時代』

は、㈠正直なイギリス人、㈡紳士、㈢クリスチャン、の養成だとしている。あるパブリック・スクール校長は、二十世紀における目的として㈠クリスチャン、㈡官吏、㈢紳士、の教育を考えている。

ドイツのイギリス研究家ディベリウスの『英国』では、パブリック・スクールの教育しようとしているのは「保守的紳士」である、と断じているが、これは多くの人々の考えを要約しているようである。

保守的紳士の養成を目ざすパブリック・スクールは、時に、きわめて愛国的である。ラグビー・システム以来、新しい教科として期待された歴史や近代外国語も、イギリスが如何にすぐれた国であるかを教育する、狭量な愛国思想涵養の具に供されがちであった。それはともかく、こういうパブリック・スクールの教育をうけた人間が、イギリスを動かした力であったことは疑うことの出来ない事実である。一例を政治家にとって見ると、過去百年の間に、イギリスには三百六名の大臣があったが、その中、百七十名が七大パブリック・スクールの出身者であり、さらに、その中の半数に近い八十三名がイートン一校の出身者であるという（カール・サイレックス『ジョン・ブル・アット・ホーム』による）。

＊

さて、ここで、はじめの「パブリック・スクールとは、どういう学校か」という問題に立ち返って見よう。今までのべて来たような中等学校（出るとすぐ大学へ進む）であるが、『オックスフォード大辞典』を見ると、ヴィクトリア朝の中頃に完成した、一群の私立中学校で、第六学年級を特色とした学校である。パブリックというのは、プライベートでなくて、全国的に開放されている、という意味だ、というような説明をしているが、ややもて余した恰好である。

もうすこし機械的な定義に「学校長会議」に校長が出席する学校がパブリック・スクールであるとするのがある。この学校長会議は、一八六九年に、ひとりのパブリック・スクールの校長の発案で始められた。第一回は、当時イギリスの一流中学校三十七校に招待状が出され、十二名の校長が会合した。翌一八七〇年には三十四校が集った。この会合は次第に重要になり、今日ではこの学校長会議に出られる校長の学校を常識的にはパブリック・スクールと言うのである。『パブリック・スクール年鑑』によると、この会議に校長を送ることの出来る学校の資格は、

㈠学校経営の組織が独立、適当であること。

㈡オックスフォード、ケインブリッジ大学へ進学する生徒数が一定以上であること。

㈢中学校資格試験合格後も、第六学年級に担当するクラスに留る生徒が相当数あること。


となっている。この三条件を満し得るものは、いわゆるパブリック・スクール以外にはあり得ないところから、この会議がパブリック・スクールかどうかを決める目安にされるわけである。そして、この規準によるパブリック・スクールは、イギリスに、現在、百五十校内外ある。

＊

イギリスの「怒れる若い世代」のことは、かつてわが国にも紹介されたが、彼らの怒りはある特定の既成秩序に向けられている。その体制を彼らはエスタブリシメントと呼ぶのである。どういうものがそれに入るかというと、宗教では、英国国教会、政治では保守党および主要閣僚、野党の党首、経済では、大資本家、大会社の社長、言論界では、ロンドン「タイムズ」社長、BBC会長、英国文化振興会などとなっている。教育では断然、パブリック・スクールであって、オックスフォード、ケインブリッジ両大学が入っていないのははなはだおもしろい。これら名指しで怒りの攻撃目標にされているものは、いずれも外に向ってイギリスを代表するものであり、内にあってはイギリスの伝統をつぐものである。それを「伝統」と呼ばずに、「体制」「既成秩序」と呼んでいるところに注意すべきであろう。チップスの象徴したパブリック・スクールの運命は、二つの難関を超克して来たが、「怒れる若い世代」が、パブリック・スクールを「体制」の中へ入れていることは、新しい新旧の対立の場面にさしかかっていることを物語っている。

どうも、大きな戦争があった後は、いつもパブリック・スクールへの風当りが強くなるようである。第一次世界大戦は、ドイツの能率的科学教育に比べてイギリスの教育の欠陥をさらけ出す結果になったが、戦後、その責任を負わされたのがパブリック・スクールであった。パブリック・スクールを廃せよという声もそこではじめて起った。今度の第二次世界大戦後、イギリスは社会福祉国家へ踏み切ったことも手伝って、パブリック・スクールの旗色はさらに悪いように見える。労働党からは断続的にパブリック・スクールを特権学校とする非難と、廃止の意見が出される。パブリック・スクール側は、それに対してほとんど反応を示さない。労働党の廃止論は、議論としては勇ましいが、議員がこっそり子供をパブリック・スクールへ入れているというから、問題はなかなか複雑である。何と言われようと、パブリック・スクールは、そうやすやすとは亡びない、ように思われるのである。

コンサヴァティヴ

パブリック・スクール教育の目的とするところは、要するに「保守的紳士」の養成にある。その「保守的」、つまりコンサヴァティヴ、ということについて少し書いてみたい。

ジェイムズ・ヒルトンの学校小説『チップス先生さようなら』では主人公チップス先生は昨日を代表し、若い妻のキャサリンは明日の人であることになっていて、両者がうまく調和して、新しい立派な合金が出来た、と書かれている。実は、このチップス先生はパブリック・スクールの象徴である、とさきにも書いたが、さらに彼は保守主義の具体でもある。そしてキャサリンが自由主義を代表する。今日、イギリスの政治において、保守主義に対立するものは、社会主義であるが、『チップス先生さようなら』の背景となっている十九世紀後半から二十世紀にかけて、保守主義は自由主義に対するものであった。政党としては保守党と自由党である。

コンサヴァティズム（Conservatism・保守主義）ということばを『ブリタニカ』と『オックスフォード英語辞典』（OED）であたって見ると、前者には、見出しの項目がなく、後者には、ごく形だけの説明があるにすぎない。イギリスといえば、まず保守の国を連想するわれわれにしてみれば、一見奇異の感をいだくのである。とにかくコンサヴァティズムという抽象名詞が用いられることは稀であるらしいことを暗示される。その代りコンサヴァティヴ（Conservative・保守的）という形容詞が、名詞化して「保守党」の意味で用いられる。すなわち、保守主義は「保守党」から分離、独立しがたいもののようである。「保守的な……」という具体的なものは考えられても、「保守主義」そのものを示す抽象概念の影が薄いのは、何事につけても事実に即すイギリスらしい。われわれはイギリスにおいても、「保守主義」という概念が当然広く日常に行われているように考えやすいが、それはいささか観念好みの誤解であるらしいことを思い知らされるのである。イギリス人は思想や概念をたえず事実や事件に照し合せて判断していると言われる。思想や概念よりも、具体的事実や事件の方が一段と重んぜられる。観念的理解というものにあまり興味をもたない。したがって下手である。

その意味から言えば、抽象的な保守主義というものはイギリスにはなくて、その代り、チップス先生がいるのだ、ということも逆説でなくなるであろう。そういうところが、イギリスの文化が霧につつまれたようで、外国人にはわかりにくいものになっている事情でもある。

＊

イギリス人にとっては、「保守主義」と「保守党」「保守的」という三つのことばは、きわめて似通ったものであると言ってよい。すくなくとも、われわれがふつうに考えるより相互の差異はすくなそうである。以下において、「コンサヴァティヴ」とか「保守的」と言うのは、これら三つの言葉を含んだ具体的な生活上、思想上の態度をあらわすものであると解していただきたい。

コンサヴァティヴという語がはじめて用いられたのは一八三〇年である。それまでは保守党はトーリー党とよばれていたが、この年からコンサヴァティヴの名で呼ばれるようになった。はじめこの新名称はいくらかからかいの意味をふくみ、保守党自体からも歓迎されなかったという。その翌々年の一八三二年に改正選挙法が施行され、それ以後、イギリス各地に「コンサヴァティヴ」とか「コンスティチューショナル」という名称をもった政治団体が出来るようになった。選挙対策としての組織づくりの産物であったそれらの諸団体は政治的変化に反対の態度を示したが、コンサヴァティヴという語を広めたことは注目すべきである。また、ここで、コンサヴァティヴとコンスティチューショナルとがほぼ同義語として用いられたのは興味深い。こういう地方組織が三十年して、一八六七年には、National Union of Conservative and Constitutional Associations という全国組織になった。ここではじめてコンサヴァティヴという語が英語の中で確立したと言われる。これによっても、一八三〇年代のはじめから一八七〇年ごろまでの四十年間にイギリスの保守的勢力が徐々に根を下ろして行ったと見ることができる。これは、一八二八年、アーノルド博士のラグビー校長就任にはじまり、一八七〇年の教育法施行までに完成して行ったパブリック・スクールの制度と年代的にも並行している。パブリック・

スクール制度とコンサヴァティヴが共通の社会的時代的背景に立っていることは、これによっても想像される。両者の関係は任意なものではなく、有機的に繫っていると考えるべきであろう。

一八三〇年から一八七〇年にかけて、コンサヴァティヴという語が確立して行ったと述べたが、政治的には、この間はほぼ自由党の天下であったのである。すなわち、一八四六年から一八七四年までの二十八年間に保守党が政権を担当したのが前後合せてわずかに五年でしかなかった。ただ後へ行くにしたがって保守党政権の寿命が次第に永くなってはいる。コンサヴァティヴが上り坂にあったと言えるであろう。

「保守」は、イギリスにおいては決して「墨守」や「反進歩」ではない。イギリスの保守はいつの間にか新しいことをやって世界を驚かすのである。女性の大臣がはじめて出来たのもイギリスであったし、もっとも保守的と目される上院においてさえ、女性議員を認める法律改正を行って、四人の女性議員を誕生させた。ちなみに、上院は House of Lords と呼ばれ、Lords は男性であるから、その中へ紅四点でも混れば、厳密にはもう House of Lords とは言えない筋合いであるが、彼等はそんなことは割合平気で、依然、上院は House of Lords である。ほかの国ならやかましい論議があって、改名となるところであろう。

科学技術においても、なかなか時代に遅れていない。かつてジェット旅客機をはじめて飛ばせたのもイギリスである。このごろでは、ホーバークラフトの研究で世界をリードしているという話である。

そういうイギリス人が自ら「保守的」であることを認めており、誇りにさえしている。イギリス国民性を論じた本で、この誇り高き保守に言及しないものはすくない。どうもわれわれの国の「保守」とは違うらしいのである。

*

コンサヴァティヴは決して旧式旧弊なのではない。なかなか新しいところもあるのだが、ものごとのやり方に独特の執念ぶかさがある。いったんやり始めたら、容易にはそれを止めない。牛のごとく押して行くのである。この執念ぶかさが、イギリス人の生活に「平常」をそなわらせる。福沢諭吉が上野の山の砲声をききながら英語の講読を行ったというエピソードは有名だが、同じような話が、『チップス先生さようなら』にもある。第一次世界大戦中のこと、ドイツの空襲があって、校庭に爆弾が落ちる。その間、チップス先生、悠々とラテン語の授業をつづける。生徒がおびえていると「ものごとの価値は、その発する音の大小に比例するものではない」などと冗談を言う。平常の心を忘れていない。こういうのを英語では Business as usual（「平常通り営業」）と言う。そして、ちょっとやそっとのことでは平常を崩さない。

生活の慣性を重んずる。日課というものをもっていて、これも容易には変更しない。Business as usual であるから、十年一日のごとき生活になる。人をアッと言わせるスタンド・プレーの立ち入る余地はない。地味で淡々とした生き方である。はたのものには、とっつきにくさ、もの足りなさを感じさせるかもしれない。

H氏はのちにイギリスで、有数の英語教育の権威者になったが、戦争まで日本の学校で教えていた。いよいよ戦争がはげしくなって先生も教えることを許されなくなった。その最後の授業に、といっても、それが最後であることを知っている学生はいなかったのだが、先生はいつもとすこしも変わるところのない授業をした。終るといつもと同じ挨拶 So much for this morning（今日はこれで終ります）を残して教室を出て行った。あとで、それが最後のレッスンであることを知った学生たちは、いかにきびしい時局とはいえ、一口ぐらい別れの挨拶をして行ってもよさそうに、と思ったが、同時にそこにはまた異様な感動もあった。H氏とは、A・S・ホーンビー先生のことである。

十年一日のごとく黙々として生きる。その一日一日のくりかえしの中から伝統が形づくられる。伝統は、イギリス流解釈によれば、あとのものへ尾を引く力である。したがって、伝統あれば断層は出来ない。飛躍もしない。それが保守を支える力である。

＊

パブリック・スクールの話の中で、パブリック・スクールはうしろ向きの前進をした、古いものと新しいものをかみ合わせていく漸進主義であったということをのべた。過去を手本にしながら新しいものを生んで行く。振りかえり振りかえりしながら前進する。振りかえるだけを問題にすれば「墨守」かもしれないが、前進している点を見のがしては、コンサヴァティヴを理解することにならない。

イギリス人は新しいものにぶつかっても、それをそのまま鵜呑みにするということがすくない。かならずイギリス的修正を加える。たとえば一九三〇年代に左翼思想がイギリスへ伝わり、スティーヴン・スペンダーやW・H・オーデンなどが左翼的青年詩人であった。しかし、彼等は若くしてイギリスにはイギリスの共産主義がなくてはならぬと宣言したものである。また、イギリスの国教は一応は新教ということになっているが、実は旧教か新教かわからないくらい、はっきりしないものである。一見これらにはいさぎよさがない。しかし、イギリス人はいさぎよさよりも良識を重んずるらしい。イギリス人はまた「われわれにもっとも人気のある政治家は日和見主義である」と広言する国民でもある。いさぎよくない現実対応の仕方をコンプロマイズと言う。英語のコンプロマイズには英和辞書の与えている「妥協」というような意味にない微妙なニュアンスがある。それはおそらく十九世紀の間に出来た陰影であった。イギリス人の保守は新と旧とのコンプロマイズの上に立ったものである。

万事、現実にぶつかってからその対策が考えられる。

戦争が始まって、イギリスに準備らしい準備の出来ていたためしがない。いつもイギリスが緒戦において手痛い損害を受けるのはそのためである。必要にせまられて、あれをつくり、これもつくりと、いわゆる泥縄式である。この泥縄式を英語で“muddling through”と言って、これまたイギリス的処世の特色とされている。泥だらけになって、なんとか切り抜けて行く、ということで、いずれフットボールかなにかからの比喩であろう。

ドロンコ切り抜け主義であるから、どうしても万事があいまいである。はっきりした方向を欠いているように見える。そのあいまいもこの状態をさしてイギリス人は良識と言っているのではないだろうか。そして良識は慣習にもとづいている。

生活の慣性に注意することは、さきにものべたようなうしろ向きの前進につながる。伝統という言葉もイギリスでは抽象された観念ではなくて、慣性によって支えられた断層のない生活を内包する力である。

しかし、生活の慣習を重んじていると、自然に因習が生じて来る。かすがたまる。風通しがわるくなる。生活の慣性がぴんとはった気持によって支えられないで、惰性で動くようになると、それは保守の危機である。固定化の危険である。そういう危機にさしかかると、イギリスにはそれに警告をあたえる思想家があらわれるのが常である。たびたび名を挙げているラグビーの名校長アーノルド博士の息子マシュー・アーノルドもその一人で、彼はヴィクトリア朝の保守主義の堕落を認めて「ものごとをあるがままに見よ」ということを言っている。無批判な慣習尊重に反省を促したものと見ることができよう。

保守が変化を喜ばぬこと、ことに一か八かという天才的な変化を喜ばぬのは当然であろう。ところで、その一か八かの天才型が自由主義である。イギリス人は、保守主義と自由主義の、どちらか一方だけでは、ものごとの正しい状態を持ち得ないことを早くも見抜いたようである。保守と自由主義は相互補完的である。保守が惰性による因習化の危険を示すとき、それを矯正する力は自由主義であり、逆に自由主義の天才にブレーキをかける役割をはたすのが保守である。政治における、かつての保守党と自由党、現在の保守党と労働党のいわゆる二大政党主義はこの考えを具体化したものである。ただ十九世紀末から保守がいちじるしく変幻自在な動きを見せたため、自由主義はその立場をなくしてしまい、自由党も衰微せざるを得なかった。

＊

デイヴィッド・セシルの『保守主義』によると、イギリスの保守主義は、フランス革命後の情勢によって、つぎの三つの思想が統一されたものであるという。すなわち、

㈠自然的保守主義（万人の心の中にある）

㈡トーリー主義（教会、国王の崇敬）

㈢俗に帝国主義といわれる国家統一に対する感情、愛国思想。

㈠はイギリスに限らない。㈡は宗教で㈢が愛国的精神であるとすれば、イギリスの保守の精神は、パブリック・スクール教育の目標であったイギリス人、クリスチャン、官吏を想い起すであろう。

『オックスフォード英語辞典』は、コンサヴァティヴとは政治的宗教的、現状制度の維持、反動的傾向の否認に向う精神であるとしている。『ブリタニカ』は「保守党」の項で、「保守」とは国王と国教会への忠誠であると説明する。

ペリカン双書の英国史で『十九世紀の英国』を執筆しているデイヴィッド・トム

ソンは、エドマンド・バークの『フランス革命論』(一七九六)を「保守主義」のバイブルだと言っている。なお、トムソンは、「保守」を㈠急進主義の否認、㈡英国教会支持、㈢権威の尊重、㈣階級制度と貴族的感情の承認、によって定義づけようとするのである。

要するに、イギリスの保守は十九世紀初頭におこり、後半において完成をみた秩序尊重の思想である。

＊

わが国においては、たとえば、さきのセシルの定義にある三思想がそろっているとは言えない。㈡のトーリー主義というのは、イギリス特有のものと言ってよいであろう。セシルはイギリスの保守主義を問題にしているのであって、国がちがえば、当然その根本にある思想も異って来るはずである。しかし、人間社会がある限り、意識されるかされないかは別として、つねにある保守的態度が認められるものである。どのような人間も保守の法則をはなれては生きることが出来ない。それが、セシルの言う「自然的保守主義」である。

自然的保守主義は、精神的エネルギーの生ずる慣性である。おととい、きのうまでの感情は、もしほかからの力が加わらなければ、明日もその延長線上を進むであろう。保守主義は、この感情傾向、または、それにもとづく生活全般の体系的組織である。パブリック・スクールがうしろ向きに進むということも、結局は慣性に則った進歩ということである。

感情は理性に比べて慣性に支配されやすい。理性はしばしばその慣性から脱出する力を示す。同じ感情にしても、その内面の豊かなものはより強力な慣性を生ずる。しかし、慣性が必要とする充分な精神的エネルギーを伴わなくなると、惰性が起り、保守の弊害が表面化する。その惰性を克服する方法がすくなくとも二つあるように思われる。

一つは、慣性の力を理性で意識的に削減するのである。さきにものべた保守主義に対する自由主義がこれに相当する。

もう一つは、惰性をそれからすこし離れた立場から見る態度である。慣性の勢いをちょっとかわしておいて、別の価値から批判する方法である。この方法から生まれるのが風刺やヒューマーである。風刺やヒューマーは、したがって、何らかの保守が確立していないところでは発生しにくい事情にある。保守が因習を生み、それを批判するところにヒューマーと風刺が生まれるというわけである。わが国で言えば、明治以来、風刺もヒューマーもまことに淋しいが、江戸文学には俳諧のヒューマー、幕末の狂歌の風刺など、見るべきものがある。これは一方に真の保守がなく、他方に保守的世界の存在したことを物語ると言ってよいであろう。

より感情的な保守と、より理性的な自由主義に分け、その両者のバランスの上に一国の政治的安定を維持しようということを考えついたのはイギリス人の智恵というものである。この感情と理性の二元論は、何もイギリスだけの話ではない、どこにおいても程度の差こそあれ、認められるものである。それをイギリス人がいち早く発見したらしい点が注目に値するのである。

さきにも名を挙げたペリカン双書の『十九世紀の英国』に著者トムソンが、イギリス人は、十九世紀において、どうやら「幸福の哲学」とも言うべきものを発見したらしいと書いている。こんにち、イギリスが世界に重きをなしているのは、政治や経済の安定繁栄のためではなくて、この発見ゆえであると記しているのは、わが意を得たものである。その幸福の正体について、トムソンもはっきりしたことを何一つ言ってはいないが、産業革命を経て物質と富と機械の繁栄の極に達していたヴィクトリア朝時代にあって、そういう人間臭い、きわめて具体的問題が考えられていたことは、驚くに足ることである。幸福の哲学は、その性質上、いわゆる思想家のおもちゃであってはならないもので、多くの人々によって生活の次元において捕えられなければならないものであることを考え合わせると、驚きはいっそう大きくなる。イギリスの保守に、ほかの国の保守とちがった魅力があるとすれば、おそらく、この幸福の哲学を経て来たものだからであろう。

いまのわが国は、保守を考えるのに必ずしも適当とは言えない。われわれにとって、保守は多く情緒的に受けとられており、その本質の吟味されることがすくないのは残念である。正しい保守的性格の理解のためにも、イギリスの例は、きわめて興味深いものである。

大西洋の両岸
——アメリカとイギリス——

イギリスは、今世紀になってから二度の世界大戦を何とか切り抜けて戦勝国となるにはなったものの、よほど手痛い打撃をうけたのであろう。もはや昔日のおもかげはない、という声がささやかれるようになった。第二次世界大戦のあと、経済危機が一度ならず伝えられ、イギリスに親近感をいだく人たちの心を暗くした。アメリカが大戦のたびに国力を伸展させ、強大になって来たのと、対照的である。

アメリカが強くなって、イギリスが斜陽化した、というのは、要するに、政治や経済の世界のことで、文化はまた別である。そういう考え方はいまでも一般にかなり根強いものがあると思われる。成金に芸術がわかるはずがない。政治家に文化のことなんかわかるものか。そういう常識を国家という次元にまでおしひろめて、アメリカは金持ちで強国かもしれないが、文化はなっていないのだ、という印象をもつことは容易である、実際われわれのアメリカ観はそういういわば俗論にひきずられているところなしとしない。

金持ちのアメリカが文化においても侮ることのできない存在になって来ていることは、ものをしいて歪めて見ようとしないならば、だれの目にも明らかである。しかし、アメリカとイギリスの間で、イギリスよりもアメリカの方がすぐれた文化をもっているのではないか、というようなことをはっきりのべたものは比較的すくなかった。

一九六〇年もオックスフォードのホーム・ユニヴァーシティ・ライブラリでG・H・メア著『近代英文学』第三版が出た。これには新たにA・C・ウォードの執筆した「エピローグ」がついている。その中で、イギリス人ウォードは、アメリカによる英文学支配をみとめている。彼のことばを引くと、こうである。

「かつてのヨーロッパ文化のアメリカ支配は、おどろくべき急速な逆転によって、一九四〇、五〇年代において、アメリカ人による英文学支配に切り換った。すでにイギリスの小説家たちはヘンリー・ジェイムズを範として仰ぎ、イギリスの詩人はT・S・エリオットを典型と考えている。そして、アーサー・ミラーとテネシー・ウイリアムズの戯曲がイギリスの「新」劇に活を入れた結果、人生の穴蔵を見つめる傾向を助長した。ピルグリム・ファーザーズ（一六二〇年、メイフラワー号で渡米したイギリスの清教徒たち）は帰って来たのである――見ちがえるようになって」。

ヘンリー・ジェイムズにしても、T・S・エリオットにしても、ヨーロッパの古い伝統にあこがれて、アメリカを去ってイギリスに帰化した文学者である。それがいまや、本家のイギリスにおける文学の目標になっているというのは皮肉である。文化は高いところから低いところへ、水が低きにつくように、移る。三百年前、イギリスからアメリカ大陸へ移住した人たちの子孫が、いま、逆にアメリカからイギリスへ流れこもうとしている。すくなくとも、ウォードの言わんとしているところはそうである。

われわれは、イギリスとアメリカの関係を、新しい、くもりのない目で見ることにつとめなくてはならない。アメリカがかつてイギリスの植民地であったというような歴史的先入主から自由になることが必要である。

アメリカに比べて相対的に地盤沈下の現象を呈しているのは、なにもイギリスに限ったことではない。ヨーロッパ全体がそうである。ただ、英米の間では、民族、言語、政治、などの歴史的事情がこの問題にとくべつなニュアンスを添えるにすぎない。

＊

最近五十年の間のヨーロッパにおける危機感の根源の一つは〝西欧の没落〟というテーマであった。その漠然たる不安は東洋を仮想敵国に仕立て、しだいにふくらんで来た。しかし、アメリカがその仮想敵国であると考えられたことはなかったのではないか。アメリカはむしろ西欧的体制の中へくり入れられていたからである。民族的、言語的なつながりはそういう連帯感の支えになるのに充分である。

ところが近年、ヨーロッパの没落は、思いがけない形でその兆を示しはじめて来た。これまで疑ってもみなかった仲間であるはずのアメリカの攻勢によって、一歩二歩と後退を余儀なくされはじめているのである。西洋対東洋という構図で構想されていた西欧没落説は、肩すかしを食って、大西洋の両岸における二つの文化の間の問題になった。より同質的なもの同士の間だけに、外にあらわれるところはすくないが、それだけに、いっそう内攻して深刻であると思われる。

かつてヨーロッパからアメリカへ流れ込んだ人間や文化が、逆転して、アメリカからヨーロッパへ移動していることを、もっとも端的に見せてくれるのが、アメリカ資本のヨーロッパ進出である。

いまわが国でも、ＯＥＣＤという名前がしばしばきかれる。これは経済協力開発機構と訳される国際組織で、ＩＭＦ（国際通貨基金）の八条国となった国々によって組織される。

わが国はここ十数年ほどの間に驚異的な経済成長をとげたため、一九六四年、ＩＭＦの八条国になり、それとともにＯＥＣＤに加盟した。先進工業国の仲間入りをしたことを意味する。日本は大国であるというようなことばが政治家の口から洩れるようになったのは、こういう事情を背景にしている。ＯＥＣＤに加盟すると共に、日本は外国との取引について自由の原則を認めることを求められているわけであるが、資本自由化を行えば、アメリカの巨大企業にひとたまりもなくじゅうりんされてしまうであろうというので、国内につよい反対があって、政治問題化している。

そういう心配がたんなる杞憂でないことをヨーロッパ諸国が身をもって示している。

現在、OECDに加盟しているのは西独、ベルギー、ルクセンブルグ、アメリカ、スイス、フランス、オランダ、オーストリア、デンマーク、スウェーデン、イタリア、イギリス、アイルランド、ノルウェー、日本、スペイン、ポルトガルなどで、アメリカと日本を除けば、全部ヨーロッパの国々である。工業先進国は大部分がヨーロッパにあることになる。

ところで、アメリカとヨーロッパとの関係だが、OECDによって、一九五〇年代の後半からアメリカのヨーロッパ進出が本格化し、十年ほどの間に、ヨーロッパ経済の地図は大きくぬりかえられてしまったといわれる。ことに、イギリス経済はアメリカ資本に征服されかかっているといってよいほどになっている。

たとえば、イギリスで生産される自動車の五二%はアメリカ系の企業でつくられる。せんたく機は、七〇%、電信電話設備は四〇%、石油は七七%というようにアメリカ企業の生産が国内企業をおさえて優位に立っている。

フランスでもたとえば電気冷蔵庫の五〇%がアメリカ資本によって生産されているし、西独でも、アメリカ企業の石油市場占有率は七六%であるという。

こういうはげしいアメリカ攻勢にあってはヨーロッパ諸国もさすがにぼんやりしているわけにも行かないと見えて、いろいろと対抗策を考えている。その中で注目すべきは、ヨーロッパを経済的には一つの共同体としたEC（ヨーロッパ共同体）の考え方であろう。これはルネッサンス以来、次第に固まりつつあり、また高くなって来ていた国と国との境を、こと経済に関しては、大幅にとりのぞこうというものである。ルネッサンス以来の経済がだいたい国家単位、国民単位の経済であったのに対して、ECは超国家単位の汎ヨーロッパ経済圏という構想である。ECはのちEU（ヨーロッパ連合）となる。

これまでは想像もできなかったような国境を越えての企業の提携もアメリカ対抗策として行われている。フランスと西独のそれぞれ第一の自動車メーカー、ルノーとフォルクスワーゲンとが手を結んだのはその一例である。

そういう必死の防戦にもかかわらず、アメリカの進出は確実なペースで圧倒的に行われている。西欧の〝没落〟はともかく、こと経済については、その〝後退〟の現象はおおうべくもない。

これだけ大きな経済上の変化があっても、やはり、金と文化とは別ものだからといって、平然としていられるであろうか。もし、文化がこういう情勢によって影響をうけるとすれば、どういうことが問題になるか。それはまえのウォードののべているアメリカによる英文学の支配につながるのかどうか。興味はそこにある。

*

政治的に、あるいは、経済的にアメリカの勢力がヨーロッパに浸透したとしても、そのことで、ただちに、アメリカ文化がヨーロッパを席巻することにならないのは明らかである。

文化や芸術は、品物や金に比べるとはるかに土着性がある。品物は比較的すみやかに移動するが、文化は保守性がつよく、発生地を守る傾向がつよい。物理的な物品や、それに近い形而下の現象について言えることが、そのまま、同時に、形而上の現象について言えるとは限らない。純粋に文化的な問題においては、同じ傾向にしても、経済よりもあらわれるのがおくれることになる。時差があるのである。そのため、一方に起っていることが他方には起らないという現象がとかく強調されやすいけれども、一方に起っていることは、いずれ他方にも起ると考えてよいことが多い。

文化は人間の心的態度を基盤にしている。社会の心的態度は一朝一夕に変化しにくいもので、つねに、古いものを残存させる傾向をもっている。物資や資本の世界ではげしい変動が起っていても、それがただちに、文化という上部構造にひびかないでいるのは、この心的態度の保守性による。外来の勢力に対して、文化は、政治や経済よりもずっと抵抗力がつよい。

ヨーロッパ、なかでも、イギリスは、経済的には完全にアメリカ圏に隷属してしまっているけれども、文化については、見方によっては、まだ、イギリスの方が優っているということも可能である。

しかし、今日のような経済的情勢がつづくならば、いずれは、文化においても、経済と似たことが起ると考えなくてはならない。さきに紹介したウォードのごときは、すでに早々と、文学においても、アメリカ支配が確立したことを証言している。経済はとにかく、文化において、もしアメリカがヨーロッパの優位に立つとなると、ルネッサンス以来の伝統が崩壊することになって、その意味するところははなはだ重大である。ルネッサンス以来、文化は、歴史の古い、すなわち、西欧的伝統のあるところから、ないところへと流出した。それが、ここで伝統の浅いところから、伝統のあるところへ逆流しようとしているわけである。分家が本家に乗り込んで来るようなものである。本家の伝統は大きく揺ぐことにならざるを得ない。

もう一つおもしろい問題は、経済問題をきっかけにして生まれたヨーロッパ共同体の考え方である。中世までは、ヨーロッパは一つの文化圏であった。政治的、経済的にも一つの単位であった。それがルネッサンスを境として、各民族、国民単位の小さな文化に分化した。そして、それがますます個性をつよめて今世紀を迎えた。ところがそういう国民文化、国民経済の単位がかならずしも相互の利益につながらないことがはっきりして来て、ふたたびヨーロッパ共同体への復元が試みられたというわけである。

アメリカの経済攻勢がつよくなるにつれて、ECはますます重要な意義をもち、内部の団結をつよめることが想像される。言いかえれば、国家という枠がそれだけゆるやかになるのである。フランスとドイツの会社が提携するというようなことが起って来るゆえんである。

ひと頃、文化交流ということがさかんに言われたが、いまはもう交流の時代はすぎて、より大きな普遍への志向が感じられ出している。

そうは言っても五百年の国民文化の伝統をもっているヨーロッパである。国と国をへだてているものをすっかりとりのぞいて、文化におけるヨーロッパ共同体を実現するには、かなりの時が必要であるにちがいない。アメリカ資本の進出には呉越同舟の提携によって、これに対抗しても、より利害のはっきりしない文化問題については、なかなか、そういう統合化への具体的な動きは期待できないのではあるまいか。

＊

文化は経済や物品よりも土着性がつよいけれども、ことばの芸術、文学は、ことばという地方的性格のつよいものを媒介としているだけに、きわめて保守的で、移動によわい。外部からの影響に対しても、言語の特殊性によって保護されている。逆に、国外へ移すときには、翻訳という作業を経ないと理解されない。かりに原語のままで読まれても、外国における評価は本国のそれとは大きく異るのが普通である。

文化は国境を越えにくいが、その中でも文学はそれを表現する言語とともに、もっとも、移動、交流の困難なものであるということができよう。アメリカの財力はヨーロッパを短期間の間に牛耳ることができたかもしれない。しかし、それと同じような速度で、ある一国の文化、とりわけ文学が、あるほかの国あるいは大きな地域を風靡するということは想像できにくい。

そういうことを充分に考慮に入れても、しかし、経済、政治において圧倒的な力をもつ国の文化が、その現実的勢力のあとについて、じわりじわりと、相手国に影響を及ぼし、それを変化させていくことも認めないわけにはいかない。

イギリスとアメリカの関係はとくべつである。というのは、英米が同文で、ある程度同種であるからだ。文化や文学は、一般的にはきわめて国境を越えにくい性格をもっているのであるが、英米のような関係の国同士の間では、お互いに、文学や文化が言語という移動の上の障害をもっていない。言いかえると、外からの攻撃に対して、言語による防衛ができないのである。

アメリカが強力な国力でイギリスに俗界の影響を与えると、それにつれて、その文化も容易にアメリカの支配にさらされることになる。英米の間では、言語が、防波堤の役を果さないからである。ヨーロッパ全体としてみると、現在、まだアメリカ文学が圧倒的な影響力をもっているというようなことは言えない。しかし、英文学に関しては、代表的で、一般に承認された意見であるかどうかは別としても、すでに十年も前から、さきに引き合いに出したような見方が可能なのである。

文学だけでなく、イギリスの英語そのものもアメリカの英語によって変化することがないとは言いきれない。かつて、イギリスの英語を範としていたアメリカ英語であるが、ここでも逆転がおこるかもしれないのである。

文化や文学がアメリカ的なものに統一され、ことばも、少なくとも書き記されるものについては、アメリカ英語とイギリス英語の差異がすくなくなって来れば、イギリスとアメリカの文化はいわば共同マーケットをもっているようなものである。あえて、イギリスとかアメリカとかを区別立てするほうがおかしい。文学などもアメリカで評判になればたちまちイギリスでも注目される。イギリスで評価の高いものはアメリカでも尊敬されるのである。ただ、アメリカのもののイギリスへの流入の方が次第につよまって来ているのではないかと思われる。

それを物語るのがペーパーバックの作品の顔ぶれである。イギリス最大のペーパーバックであるペンギン双書は、このところどんどんアメリカの現代作家のものを入れているのに、その逆のことがアメリカの紙装版に、同じ程度にはおこっていない。イギリスとアメリカはもともと翻訳といういわば関税のようなものを支払わなくて相手国の文学を読むことができたわけだが、現在では、この文化的無関税の状態を利用して、アメリカの文学や文化がおそろしい勢いでイギリスに流入している。前にも言ったように、ヨーロッパの他の国とアメリカとの間では言語の差という〝税関〟があるために、英米の間のように急速なアメリカの進出ということはないであろう。しかし、資本自由化以来の急激なアメリカのヨーロッパ進出を考えるといずれは、文化においても、国民文化の枠を外す自由化（？）ということがおこらずにはすまないように思われる。

＊

交通が発達し、コミュニケイション網が密になると、世界は狭くなり、遠い所が急に近い所になって来る。各地に永らく保存されて来たような文化の個性的特質といったものも、局外者との接触を繁くもつようになれば、いつしかその特殊性を失って、普遍的同質へ向わざるを得ないであろう。

文学は文化の中でも、もっとも地域特殊性のつよいものである。普遍的同質性へ還元できにくい性格をもっている。各国に言語の差がある以上、この文学の性格が、急に変化することはあるまい。しかし、中世紀のヨーロッパにおいて、文学がどこの国でも多くラテン語で書かれていたという事実は想起してみるに値することかもしれない。なぜなら現代においても、共通言語への要求はきわめてつよいと考えられるふしがあるからである。

文学について言えば、近年、翻訳が世界的にさかんであることを思い合せてよい。翻訳というのは、ただちに共通語への方向を示すとは言いがたいが、翻訳の過程においては、どうしても二言語間の中間項的言語を想定しなくてはならない。この考えを押し進めて行くと、共通言語の考えに到達するはずである。

とにかく、文学において翻訳が重視されるということは、文学そのものの概念に変化をあたえずにはおかない。翻訳を拒む文学と、翻訳に乗りやすい文学との区別ができる。国境を越える文学と越えない文学である。

もちろん、すべての文学が翻訳に乗りやすい、容易に国境を越える性格のものになろうとしているというような極端なことを言おうとしているのではない。これまでの伝統的考えでは、文学は理論上、翻訳を拒むべきものであるというものであった。そしてそれに則った文学的価値が確立していた。むやみな読者にわからないようなところのあるのがすぐれた文学であるとされる。原語の読者でもそうである。まして、翻訳の読者などにすぐれた文学の本当の味が伝わるはずがない。そういうのが、これまでの文学についての一般的考えであった。

翻訳がさかんになって来ると、こういう考え方も変えなくてはならない。逆に言えば、それがすこし変化して来ないと、翻訳もさかんに行われにくいのである。文学は翻訳によっても結構すぐれた理解を得ることができる。感動することも可能である。むしろ翻訳の読者の方が原語の読者よりも、ときには作品について高い価値を見出すことがある。そういうように、翻訳に対してすこしゆるやかな見方が優勢になって来ている。それが翻訳の繁栄に関係する。

文学はこれまで、土着のつよさという特殊性にその価値の軸をもっていたと考えられるが、世界文化全体が均質的方向に進んでいる現代においては、文学のこの性格に反省が求められても不思議ではなかろう。

ローカルなものが普遍的なものとの関係において理解されるとき、それまでのローカルなものとは微妙な違いをもったものになるであろう。翻訳が普遍化を促進する。海外旅行がさかんであることもやはり小さな地方性をすてさせるはたらきをもつ。これまでとは異った普遍的な美学が生まれてくることが期待される。

イギリスはローカルな文化の長所をもって世界に雄飛した。アメリカはそれに対して、各国人の寄合世帯という人種的構成の事情も手伝って、一般的共通性の多い文化を育てて来た。そのアメリカがイギリスの文化を動かすようになったのだとすれば、ローカルなものがユニヴァーサルなものの力に抗し切れなかったことになる。ルネッサンス以来の国民文学、ひいては、国民文化の伝統が一つの危機に直面しているのだと言ってもよい。考えようによっては、これはイギリスの自動車の五割強がアメリカ系企業によって生産されているという〝ショッキング〟な事実よりも、いっそう重大な問題でなければならない。

われわれがルネッサンス的伝統の危機にさほどの関心を示さないのは、文化は物や金のようにはっきりした形をとらないというだけのことである。百聞一見にしかず、というような素朴な認識方法は今日もなおもっとも有力である。見ることのできないものはなかなか理解されない。

イギリスにルネッサンス文化の伝統を代表させることは当を得ていないであろう。イギリスはヨーロッパの片隅に位しており、いわば田舎である。ルネッサンスに触れたのも大陸諸国よりも大分おくれている。しかし、いちばんあとに洗礼を受けたイギリスはもっともその進んだ形を受けつぐことになったとも考えられる。

さらに、イギリスは大陸からはなれた島国である。その文化はもっとも純粋な意味において国民文化的である。ルネッサンスが各国各民族に固有の文化を発達させたとするならば、それがもっともめぐまれた環境を見出したのはイギリスであったはずである。

そのイギリスがヨーロッパの、そして世界第一の強国になったのは故なしとしない。しかし、ルネッサンスは要するにヨーロッパという枠の中で考えられる歴史現象である。それ以外の地域が「世界」の中へ繰り込まれて来ると、ルネッサンス的伝統だけではものごとは片付かなくなる。

だからルネッサンスに代る新しい伝統が、アメリカを中心にして始まろうとしているのだ、というようなことを言おうとしているのではない。ただこれまでのヨーロッパ中心の世界文化、世界歴史、あるいは経済の時代が終ろうとしており、それに対して一つの新しい原理を代表するのがアメリカであるように思われる。その原理が、ソ連やアジアの諸国を含むものになるかどうか、いまははっきりしたことが言えない。

これまでの文化や芸術には、ローカルで、保守的で、個性的なものがすぐれているという考え方がどこかあった。独創というものが尊重された。しかし、それはルネッサンス的観点である。ルネッサンス以前は、たとえば芸術におけるオリジナリティということはそれほど問題にならなかった。

ヨーロッパのルネッサンス中心の文化がより流動的なアメリカ文化に影響されるとなると、文化的価値観そのものが、個性的なものから、普遍的なものへと転換を求められることになるであろう。その変革に付随する多少の混乱がこれからあらわれることは予想されるところである。しかし、そのような短期的現象にまどわされてより大きな流れの方向を見誤ってはなるまい。

(追記　本稿を書いてからかなり時間が経っている。目まぐるしく変化する経済のことについて、現在とかなり違っている部分もあるけれども、文化の問題を考えるのが眼目の文章だから、その辺のことは大目に見ていただければありがたい）

島国考

円高が降ってわいたように突如として大問題になり、書店で通貨を扱った本が急に売れるようになったという昨今の日本のあわて方ほど、われわれの地理的特質、それに由来する経済的特殊事情を浮きぼりにしてくれたものはないといってよい。かなりの知識人でも、為替について一応の知識はともかく、実感としてのイメージをもっている人はすくない。日頃は天地のすべての現象を明快に解説する評論家もパニックに会ったように黙しているか、さもなければ、円は円で変わらないんだ、といった小学生でもいいそうなことしかおっしゃらない。現代における全智全能、アラーの神のごとき新聞も、いくらか自信ありげにものがいえるのにかなりの時間を要したというのも興味ある〝出来事〟であった。

われわれ庶民となると、為替とは郵便為替のことなりと思い込んでいる。五千円の為替があるとき急に変動し始めて四千九百八十円になったり、五千二十円になったりしてはたまらない。為替とは額面通りいつも通用する不動のものだと信じて疑わない。同じようにドルと円の交換率も一定不変のものと思って安心していた。ドル、ドルというけれども、日本人の九割以上の人間はドル紙幣にお目にかかったことすらないのではある。

わが国は世界的に有名な、いや悪名高きといった方が当っているであろうが、長い間、為替管理国であったから、ドル紙幣にかぎらず、ポンド、マルクなどが国内にチョロチョロしないのは当然である。うっかり外貨をもっていたりすると、為替管理法違反で罪人にされてしまう。お金といえば、ただ一種類、円あるのみ、というのが多くの人々の生活であった。

そこへドル安、円高の問題があらわれたのだから、びっくりするのは当り前である。四囲を海にかこまれているわが国のような国では、為替管理が比較的容易にできる。陸つづきの外国をもっているところだと、そうはいかない。それどころか、外国貨幣が通用している。それで家庭の主婦などでも、自分の国の通貨の価値が下りそうだと見当をつけると、買いものの帰りに、銀行で外貨と交換する。実際に相場の下ったところで自国の通貨を買いもどせば、その間になにがしかの利益が合法的に得られる。こういう社会にとって、外国為替というものは馬券を買うよりはるかに日常的な経験である。

昭和四十六年八月十六日、ニクソンがドル防衛政策を発表すると、ヨーロッパの諸国はただちに外国為替市場を閉鎖して、思惑によるドル売りを封じた。その目にもとまらぬ機敏さは為替投機のおそろしさを各国ともいやというほど知っているのと、どういうときにはどうするべきかという定跡があるからである。

ところが、為替管理に守られ、為替相場などという実感のない日本では、政府がなんと十日もの間、便々と外国為替市場を開いておいて、世界中の浮動したドルをせっせと集め、ますます日本の立場を苦しくした。ヨーロッパの諸国から見て理解できない行動であったにちがいない。

外国にとってだけでなく、われわれにとっても大いに異論のある措置、というより無策であった。この十日の間に日本銀行は入ってくるドル売りをどんどん買い支えて、一ドル三六〇円上下〇・七五％幅を維持したため、外貨保有量は四十六年八月中頃の七〇億ドル台が八月末になって何と一二〇億ドル台になって、アメリカを抜き、西ドイツについで世界第二位になったのである。

これはいけないとやっと大蔵省が変動相場制にふみきったのが八月二十七日の夜。翌日のドル相場は三四〇円前後で、約五％安である。十日間に日銀の買った四〇億ドルだけでも二億ドル、約七〇〇億円の損害をもたらしたことになる。もったいない話である。これが結局、われわれの税金で尻ぬぐいされると思うと、もったいない話ではすまない。どうしてくれるのだという人がでてよいはずだ。日頃、政府のやることに何でも文句をつけることを飯のタネにしている大新聞のことだから、市場維持策を批判するだろうと思っていると、さにあらず、沖縄のドルをどうするかなどというニュースに逃げている。たよりないことおびただしい。

だいたい、為替管理法というような法律のあること自体おかしいのである。それをおかしいとも感じなくなってしまっている日本人の感覚は世界に通用しないものであることを、こういう事件を迎えるまえに注意する新聞、雑誌があってもよさそうなものである。

管理法などというからはっきりしないが、これは要するに通貨の上では、日本は半鎖国デゴザルといっているようなものである。鎖国は日本歴史における汚点だと思っている人は多いが、二十世紀の後半になってなおつづいている経済的半鎖国を平気で見のがしているのだから不思議である。

いや日本は貿易をさかんにやっているではないか、という人があるかもしれない。なるほど輸出には熱心である。あまり熱が入りすぎて方々の国から苦情が出るほどだが、そのこと自体がほかの国の貿易の概念とちがっていることを暗示している。こんなシロウトの愚痴をならべていても切りがない。有名な経済動物がたくさんいることだから、頭をよく冷やして処置してもらいたい。ここで考えたいのは、思想としての為替という問題を手がかりにして、われわれの文化がどういう特質をもっているかということである。

＊

どうもわれわれには交換という考えが乏しいように思われる。貨幣の交換についてはすでにのべたが、物の交換、貿易においても、輸出入の均衡を理想としないで、出超をよしとする。輸入はなるべくすくない方がよいと考える。その夢がやっと実現しかけたと思ったら、世界中から、日本はずるいぞ、と指弾されたのである。

精神文化の交易になると、事情はまさに逆で、一方的輸入である。何でもかんでも外国のものを借りる。物の輸入に比べると、支払う費用はせいぜい書籍代くらいだから大したことはないが、入れたらお返しに何かを出そうという考えがない。

戦後、諸外国と文化交流協定が結ばれてきたが、彼のすぐれたものを採り、われの長を与える真の文化交流がどうも育ちにくい。いずれも空文化している。交流の思想がないところに交流はあり得ない道理である。これは日本の国際的関係をたいへん悪くしている。すくなくとも好転させるきっかけをみすみすにがしていることになる。文化交流がその実をあげ、日本人の秀れたところがすこしでも外国で理解されれば、すこしくらいテレビやトランジスターの輸出が伸びたからといって経済動物よばわりされなくてすんだのである。経済動物のおえら方よ、いまからでもおそくない、文化交流に力をお入れ下さい。

外交も交換の思想に支えられているべきものである。わが国の外交下手は伝統的なものだ。まるでダダッ子外交で、いよいよ言うことをきいてくれなければ、ケンカでこい、とやる。利害得失を調和してもっとも現実的な妥協におちつかせるというセンスがない。とかく孤立しやすい。したがって、よけいに外交を特別なものに考え、外交官まかせにする。国民外交などというけれども、国民にも外交感覚はきわめて稀薄である。外交はゲームであるという見方がまるでない。

外交が弱いから、どうしても、日本人は内弁慶になる。政治、経済、文化とも鎖国的性格がつよい。つまらないメロドラマは好まれるが、本格的なドラマを賞美する伝統がないから、演劇も見るべき作品がすくないということになるのである。

ここで翻訳のことを思いついた。翻訳も交換である。現在のわが国は世界有数の翻訳国であるが、過去をふりかえってみると、翻訳はむしろ異常なくらいにすくないのである。中国文化をあれだけ受け容れているのに、翻訳がすくない。漢文訓点読みを翻訳と見れば別だが、ほかには和讃くらいしか見当らない。やはり、本来は翻訳の不得手な民族なのであろう。いまでも、外国語が下手で、いくら時間をかけても上達しない。業を煮やして、やめてしまえと思っている人たちがすくなくないらしい。そういう人たちの計らいかどうか、中学校の英語の時間が週一時間減ることになった。交換の思想はますます後退するであろう。

日本の中ではたいへんすぐれていると認められる人が国際場裡ではとんでもないしくじりをする。これは自己のベスト記録も出せないで敗退するスポーツ選手たちだけでなく、おせじのつもりでいったひと言によって政治生命を危くしている政治家もあれば、記者会見の答え方がまずくてとんでもないニュースを書かれて大あわてした文豪もいる。個人がわるいのではなくて、そういう国民に育てた環境に根源があるというべきであろう。こういう交換思想の欠如をもたらせている根本の事情はいったい何か。

＊

日本が島国であることはいうまでもないことであるが、島国がどういうものであるかについて、われわれは、日頃、あまり考えることをしない。しかし、国の形式として島というのはやはり、きわめて特殊である。陸つづきの外国をもっていない地理条件は、国民の純粋、潔癖、孤立などの特性を助長するが、何よりの特色は外国、ならびに外国人に対する過敏さであろう。外国が気になるから、無闇に外国のものをとり入れたり、模倣するかと思うと、一転して、外国のものを拒否する排外思想がはびこって鎖国文化になったりする。外国ということに関しては、振幅が大きすぎる。いいかえると心理的に不安定なのである。

島国には鎖国への傾斜がある。日本は長期間にわたる鎖国を実施した歴史をもっており、鎖国が文化的精神的にとどまらず、政治、経済的にも及ぶことを実証している。そして、この鎖国がとにかく、国内的にも国際的にも平和を保障してきたのは注目すべきである。日本が島国に徹していた間、日本はほとんど戦争を経験しないですんだのに、明治以来、国を開いて、「知識を世界に求め」るようになってから、くりかえしくりかえし戦争を行ったのは皮肉である。

日本と似た島国であるイギリスは、形式的な鎖国こそしなかったものの、目に見えない鎖国をしてきているといってよい。イギリスの歴史や文学史を見ても、大陸諸国からの影響を受けたとか、外国から移植したとかいう記述はまったくお目にかからない。イギリスの歴史や文化はすべて、イギリス人の手によってのみ成ったもののように書かれている。逆に、これはカントに影響を与えたとか、ボルテールに影響したというようなことは記されている。外国人の思想などありがたがるのは「危険」なことと感じられているのではあるまいか。すくなくとも、十九世紀イギリスに完成したイギリスの歴史は文化的鎖国の性格が濃厚である。

このイギリスの島国的感覚がアメリカへ渡った人たちの血の中にも流れていて、モンロー主義などという一種の鎖国政策をうち立てることになったのかもしれない。いま、島国の文化には〝島国形式〟ともいうべきものがみられるように思われる。これを、文学と言語を中心に、すこし考えてみることにしたい。

言語についていうと、島国形式は、長い期間、流動のすくない、しかも、外部から流入してくる異分子のほとんどない社会において発達する特質としてあらわれる。コンパクトな言語社会はいわば通人の集団であるから、野暮はうとんじられる。文法と論理に風化作用が働いて、省略性や飛躍の多い言語形式が承認される。日本人は日本語が論理的でないといってたいへん恐縮しているが、これは島国形式として、必然的なものである。日本語に論理がないのではない、島国言語の論理は大陸言語の論理と違うだけのことである。

日本人は西欧の言語はすべて論理的のように考えているが、英語などはすこしも論理的ではない。イギリス人自身、われわれは論理がきらいだと広言してはばからない。同じゲルマン語族に属して、いわばイトコ関係にあるドイツ語と比較してみても、はるかに論理性がはっきりしにくくなっている。格の変化にしても英語ではほとんど風化してしまっているが、ドイツ語では厳存している。

日本語は英語以上に島国言語であって、現在の言語学の研究では、どこの言語から由来したものかということすらはっきりしない。したがって、日本語の語源は大部分が明らかでない。やはり島国言語だからであろう。われわれは大陸言語の比較言語学的方法によって解明された言語学の概念をそのまま島国言語である日本語に適用することの正当さをもう一度よく考えてみる必要があろう。

日本文法は言語における島国形成の研究が行われた上でないと、しっかりしたものにならない。ラテン文法をやきなおした英文法をお手本に応急文法として書かれた日本文法の枠組みがいまもなお尾をひいているのは、何としても理解しがたいことである。

文学の方面についていうと、まず、短詩型文学の発達がある。島国では通人が読者であるから、くだくだ説明するのはくどくどく、うるさいと感じられる。理に堕するものは月並みである。なくてもわかる部分を削りおとすところに日本の詩学の原理がある。読者を相手にして、説得したり、議論したりする必要はない。作者は心のうちを独白的に、詠歎的に投げ出せばよい。

こういう詩学が作用するところでは、何千、何万行という長大詩篇はもちろん、百行、二百行という詩も存在しにくい。純粋をもとめて、小さなものへ、小さなものへと向い、短歌が生まれ、さらに、俳句が生まれる。こういう短詩型文学において、日本は世界に冠たる伝統をもっているが、これは文学における島国形式のひとつであるということができる。

それにひきかえ、演劇性に欠けるのが、文学の島国形式の特色である。言葉のやりとりにおける美を、至近距離のごく微妙なニュアンスのところに求めようとしている人々の心には、対立した立場にある人間同士の断絶を越えて行われる遠距離伝達、対話をたのしむ余裕がない。外国の映画を見ていて、さわりのところで、画面の人物が演説調の議論をしたり、はげしい応酬をはじめると、われわれには、ひどく退屈に感じられるのであるが、これも、ドラマの感覚がちがうことを示している。われわれにとってのドラマは、義理と人情の板ばさみになって苦悩する人間の心の哀歌であり、賛歌である。

文学の社会学でいうと、ひとりひとりが独立独歩、わが道を往くということも、ときにないではないが、何かというと、類をもって集る。そしてそれが大きくなると文壇という特殊社会をこしらえて、容易には余人を入れないようになる。お互いを意識して仕事をするところから流行の隆替もはげしい。万事が小粒に、ぴりりと辛いのが好みに合っている。

しかし、考えてみると、いたずらに徒党を組み、流行をおこしているのでもあるまい。社会の中で、文芸というような虚の世界を守って行くには同類が団結して一種のシマのようなものをこしらえるのがもっとも賢明であるのかもしれない。人間がひとりひとりシマのようなものであるが、一人では自足的でない。同質的集団が社会生活の単位になる。このように考えると、社会はいくつものシマの寄り合い世帯のようなものになる。

近代の国家はそれぞれの民族集団をなるべく島のような独立性のつよいものにしようとしているとも考えられる。地続きの国と国が国境を設けて、往来をチェックする。物質を移動させれば関税をかける。いかにも不便のようであるが、一方ではまた、国というもののおかげでわれわれは比較的安定した生活を営めるようになっているのも事実である。島国形式は地理的に島国といえるところにあるのではなくて、近代の社会組織の中にかくれた存在としていろいろのところにひろく行きわたっているのである。

そこで、われわれは、島国形式の先進国としてのイギリスを考えないわけにはいかない。

＊

ルネッサンス文化の特質をここにいう島国形式であったとしても決して誤りではなかろう。中世ヨーロッパの同質文化、ローマ教会の統一的世界が、ルネッサンスによって崩壊し、教会も小さく分裂したし、政治組織も各国ごとの独立性が高まり、文化的、政治的にいくつかのシマができ上った。言語もラテン語の共用ということから各国語の使用に切りかえられた。人間の思考も統合を求めるより分析に走るようになった。科学者と宗教家と詩人がひとりの人間に同居することは困難になって、専門家が文化を推進する中心をなすに至った。

こういう分化のエネルギーについては、たとえば、T・S・エリオットが〝感受性の崩壊〟というようなことばで、その否定的な面に着目した例がないわけではないが、大方は肯定され、是認されて、それこそがルネッサンス文化だと考えられている。島国形式によって、ルネッサンスが促進されたといってよいと考えるのはこのためである。

島国形式がルネッサンス文化の構造を規制したとするならば、地理的にも島国であったイギリスがもっとも恵まれていることは明らかなことである。ヨーロッパの片田舎に位いしており、ルネッサンスの波及も大陸より百年はおくれたイギリスが、十八世紀の後半になると、逆に大陸より近代化において一歩先んじることになり、十九世紀になると完全に世界の最先進国の地位を固めてしまう。

ルネッサンス体制は島国形式に好都合に働き、したがって、イギリスが一躍発展の機会にめぐまれたことになる。明治以来、わが国の外国模倣はイギリスを主たる手本として行われてきたことは、日本の西欧化がきわめて急速なものになるのにも役立ったであろうし、島国形式をもっているが故にわれわれにとって、イギリスの文化は特別な親近感をもっていたのである。

イギリスを紳士の国として尊敬しているのに、アメリカに対する蔑視が根づよいのは、イギリスとの間には日英同盟のような外交上の関係があったこともいくらか作用してはいるだろうが、やはり、島国文化と大陸文化に対する感じ方の差に原因は求められてよかろう。

われわれの国は政治、経済などで、イギリスを手本として努力してきたところがすくなくない。そして、これまでは、それが、とにかく西欧化、近代化に関するかぎり、もっともよい方法であったのである。

ところが、二度にわたる世界戦争を経て、ルネッサンス体制の限界がようやくはっきりしてきた。ということは、近代国家というものがあるかぎり、戦争はなくならないだろうという認識がおこったことである。十九世紀までの文化の基本が問いなおされることになった。島国形式としての近代国家への反省は国際機構の創設だけにとどまらない。より根本的に広範囲に島国形式の止揚が求められて、ヨーロッパ共同体（EC）、ヨーロッパ連合（EU）のような共同運命機構が誕生した。

イギリスが現在なおECに加盟していない、従来、ことにフランスあたりの反対がつよくて加盟を許されなかったということは、はなはだ象徴的である。ルネッサンスの島国形式文化の先頭をきっていたイギリスが、逆の大陸形式の組織であるECの思想を理解するのに抵抗があったとしても不思議ではない。EC諸国との話し合いでは一応、加盟ときまった現在でも、イギリス国内にはつよい反対世論があって議会の批准が注目されている。〝先進国イギリス〟の苦悩である。日本のお師匠だったイギリスのことだから、対岸の火事視しているわけにはいかない。島国文化の宿命といったものを、われわれもいやでも考えるべきときに至っている。

国家という考えよりも国際（インターナショナル）という考えが重要視される。たえず国際会議がひらかれている。これは学問の世界にも及んで、これまで専門分野のそれぞれが、隣は何をする人ぞ式で、島国形式をもっていたのが反省されて、専門の壁をとり払ったところに、新しい研究領域を見出そうという風潮が顕著になってきた。この境界領域研究のことをインターディシプリナリというが、わが国ではインターナショナルの国際に対して〝学際〟という訳語がようやく定着しようとしている。

日本はイギリスを手本として近代化を進めてきたといったが、イギリスとひとつ大きく違うのは、日本人は外国コンプレックスがつよくて、何でも外国のものを喜んでとり入れてきた。イギリス人が世界中どこへ行っても英語しか話さず、新聞は

「タイムズ」しか読まぬと皮肉られたような唯我独尊の態度はわれわれには薬にしたくてもない。自信がなくて、いつも外国文化の顔色をうかがっている。思想はすべて舶来種である。こういう自主性のなさが、半面では、悪い島国根性に陥いらずにすんできた理由でもある。もし、日本人が自己の文化に誇りをもち、外国語などに関心を示さず、文字通り日の本の国だと思い上がるようになれば、急速にイギリスの轍をたどることになるであろう。

われわれは、島国形式が国粋主義と化合しないようにくれぐれも警戒しなくてはならない。昨今のように、世界のあちらでもこちらでも日本の評判が芳しくないとなると、そして、その余波として、経済的不況が深刻にでもなるとすると、おそろしいナショナリズムが擡頭しないともかぎらない。国を真に愛するものは、そういうナショナリズムに国民が足をとられないような方途を考えるべきであろう。

明治以来、われわれは主として、イギリスを、そしてイギリスを通じて世界の先進文化に学んできた。その西欧文化が島国形式をもっていることをわれわれは意識しないできたが、現在はいろいろな点からいって、それをつよく反省すべき時であると思われる。われわれには何となくイギリスの方がアメリカよりも好ましいように感じられる。だからイギリスがよいのだときめてしまわないで、なぜイギリスが好ましく感じられるかの根源をさぐらなくてはならない。

これからの日本は、いくらか抵抗はあっても、大陸国に学ばなくてはいけない。島国形式に安住していては真の発展は考えられないのであるから、大陸形式に触れて新しい島国形式を創造して行くことが望ましい。

イギリスの前に日本が手本にしたのは、かつての中国で、これはまさしく大陸的国家である。日本文化はそういう中国の大陸形式を学んで、日本という島国の中へ移植する過程において、独自の島国文化を生み出したのであった。中国がお手本であったことは偶然とはいえ、幸福なことであった。

これからの時代において、われわれは、大陸形式をもった文化から積極的に学んで行かなくてはならない。すなわち、アメリカであり、ロシアであり、中国である。これらの諸国がいずれも現在の国際情勢を左右する国々でありながら、相互に深い対立を示しているのはなかなかおもしろいことである。

そして、さらに、日本人の多くの人たちが、これらの三国のそれぞれに対してかなりつよいアレルギーをもっていることも、同じくらいに興味ある事実である。しかし、そういう現実にもかかわらず、あえて感情を殺し、これら大陸形式の文化や思想をもった国々を何とか理解しようという真剣な努力をすることが、われわれをイギリスの轍をふましめない保障となるであろう。

円の切り上げや円高などは、むしろ、経済力が国際的に評価されたものとして喜ぶくらいの腹がほしい。こういう経済条件は当然、日本語の国際流通力を強化するものである、というような議論がどこにもあらわれないのは、われわれが、島国的、あまりにも島国的な井戸の中にいることを物語っている。

（追記　この文章を書いたのは、円高のはしりのころであった。ここでは為替レートを論ずるのが目的ではないから、数字の古いことには目をつむっていただきたい。読者のご寛容をいのる）

第四章　教育とことば

教育の男性化

このところ教育に対する関心がとみに高まっているように感じられる。もっとも、これまでも、教育に冷淡であったわけではない。教育ママということばが象徴しているように、過熱気味ですらあった。ところが、このごろ高まってきた教育熱はそれとはひと味違うのである。どこが、どう違うか。それがまだはっきりととらえられていない。

さきの参議院議員選挙（昭和五十二年）の直前になって、政府が教育問題閣僚会議を急ごしらえしたのをはじめ、各政党とも、とくに教育に力を入れた政策をうち出す姿勢を見せ、ぼんやりしている有権者をびっくりさせた。

自治体選挙では学校群の存廃を争点として勝負がきまるなどという例が、すこしずつふえているが、国政レベルでは、教育がこんなに脚光を浴びた選挙ははじめてである。選挙民の意識の高さは、一に教育、二に景気、三に物価だといわれた。変われば変わるもの。かつては票にならないというので政治家諸公から歯牙にもかけられなかった教育である。こんなにもてるようになって、すこし気味が悪い。もともとあまり勉強好きとは見受けられない政治家に色目を使われると、教育がダメになるといって心配する潔癖派もあるが、それはすこし公式的にすぎよう。案外、学校嫌いの人間の考える教育の方が現実に合致するかもしれない。

七月中旬開かれたことし（五十二年）の日教組大会も、いつもとは違って、教育問題が論じられたらしい。政治闘争をしていい気になっていれば社会から相手にされなくなることを参院選挙を通じて肌身に感じたからだという説もある。教職員組合が教育重視の姿勢をとったといってニュースになるのはそもそもどうかしている。素人の目から見ても時代おくれである。

こういう世論を背景にして、新聞は何か教育関係ニュースはないかとウの目、タカの目である。おあつらえ向きに、入試問題をもらしたという不祥事件がとび出してくれた。なるほどひどい話だが、新聞のこれに対する執念も異常で、二月余にわたって毎日のように報道した。

このごろは、国立大学の共通一次試験の問題をしゃぶっている。とんでもない入学金をとったお医者の学校や、経理の二重帳簿をこしらえた歯医者の学校のニュースもセンセーショナルな扱いをうけている。

いずれも、読者が教育のことなら目の色を変えてくれるということに気付いた新聞が、それにこびているのだ。

最近の教育論に見られるひとつの進歩は、「お上」の思想が影をひそめたことだろう。何でも学校がやってくれる。やってもらいたい、という甘ったれた考えがすくなくなった。

このごろ、教育に対してえらそうな口をきいている経済界も、二十年前には、この「お上」思想の信奉者であった。都合の悪いことはすぐ忘れるものだから、当の実業家諸氏はとっくに忘れているに違いない。それなら思い出してもらわないといけない。

昭和三十年ごろから財界の教育容喙は露骨になった。

まず企業側は学校教育の非能率を難じた。教師側も決してうまく行っているとは思っていなかったから、さっそく恐縮、改善しましょうとお人好しにもこれに応じた。

調子に乗った実業界は、学校はもっと役に立つことをやれ、と注文をつけた。まっさきに槍玉に上がったのが、英語教育。読めるだけの語学ではしかたがない。会話ができて、手紙の書ける教育をしろと文句を言った。学校を出たらすぐ使いものになる学生をつくれ、というわけだ。

虫のいい考えである。役に立たせたかったら、会社へ入れてから訓練するのが筋であろう。そんな手間はかけていられない。われわれの税金でやっている学校教育だ。もっとわれわれの都合を考えてくれてもいい、というのだろう。

公私を混同した教育観だが、ほとんど批判を受けることなく天下を風靡した。工業専門学校といった国立学校をたくさんつくったりもした。

自分のプライベートな利益のために、パブリックなものを利用しようとする考えは、いついかなるときも、卑劣である。

そういう世相を反映して教育の女性化が始まった。教育ママといわれる人たちが大量にあらわれても不思議ではない。

現在の学校教育が荒廃していないという人はすくないだろう。どうして、こんなことになったのか。企業と教育ママの身勝手、自分あって他あることを知らぬエゴイズムをふりまわした結果、学校が公教育の場であることをだんだんやめようとしているからである。

役に立つ教育といったケチな目標でなされることが、子供の魂に火をつけるわけがない。さきの英語教育にしても、役に立つ英語のスローガンが広まるに反比例して、学習意欲は低下した。いまでは「英語などなぜやるのか」と、うそぶいてはばからない高校生がわんさといる。

もうひと昔前のことになるが、かの大学紛争ももとはと言えば教育の女性化に端を発していた。たくましさを養う教育の実利思想が失われると、何でも学校にやってもらおうとする風潮を助長する。

そう言えば、いまの教育はあまりにも女性的である。幼稚園の先生は全部女性。このごろ、男の保夫があらわれてニュースになるほどだ。

小学校でも都市では十年も前から女性教師の方が多くなっている。現在ではたいていのところが六〇%を越えた。

アメリカにも大学紛争がおこった。その原因究明にあたった学者たちが、女性教師のクラスで教育を受けた男子は、エネルギーを悪く鬱積させている。それが思春期に暴力の形をとって爆発するのだ、という見解を報告して注目された。学校に女の先生がふえることは意外に大きな意味をもっているのである。

そこへもってきて、教育ママがいる。たとえ男の教師ががんばっていても、学校へいつも圧力をかけるのが女性であれば、男性の女性化は知らず知らずのうちに進行する。

自分の子供が非行に走った、とする。母親は学校が悪い、悪い友達にそそのかされてやった、むしろ、犠牲者だとわめく。学校は学校で責任をとらされてはたいへんとばかり、社会のひずみがこういう生徒を生む、悪いのは政治である、教育制度である、などというとんでもない理屈をもち出して、したり顔をする。

学校はなるべく責任をとらされないようにというので、すこしでも事故をおこしそうなことはどんどんやめる。水死者が出るかもしれないから学校にプールはあるが、生徒には泳がせないで、町の人たちに開放する。怪我があるとうるさいから、運動会はやめにして、職員だけの運動会はやる。

家庭も家庭でやらなくてはならないしつけも学校におしつけるから忙しくて先生の手がまわり切らず、〝落ちこぼれ〟ができる。公教育に対する形式的過信があるからこそ、公教育の存在理由を問われるようになってしまうという皮肉なことになった。

教育における女性的要素がいけないと言っているのではない。

教育はもともと、きわめて女性的な性格のつよいものである。生まれたばかりの赤ん坊を見ても、これを育てる〝教育〟には母親がいかに大きな役割を果たすかがわかる。

幼稚園が女の先生でないとやって行けない現実があることも多くの人が認めている通りである。小学校に女の先生がふえたからといってもおどろくことはない。

ただ、男性的性格を忘れてしまうと教育は骨格を見失いかねない。目先きの細かいことをやかましく言っても、長い目で人間の教育は何をなすべきかというようなことが欠落しては泰山鳴動してねずみ一匹出ないかもしれない。教育熱が高まって教育はいよいよ荒れ乱れるというおそれもある。

家庭で父親と母親とが、おのおの違った役割をもって子供のしつけに当っているとき、もっとも望ましい効果をあげる。同じような公教育においても、男性的要素と女性的要素とが程よく調和したとき、もっともよい成果を望みうるであろう。学校に女性教員が多くなってきたのなら、それだけ意識的に男性的理念を導入する必要がある。

面食い文化

このごろの本は表紙で売る。先日、出版社の人からそんな話をきいて、まさかと思った。いくら何でも、そんなことはあるまい。ところが、あとで考えているうちに、いっこうにパッとしなかった私のある本が、選書のカバーが新しいデザインになったとたんに売れ出したのを思い出した。やっぱりそうか。

主婦が八百屋でキュウリを選ぶときにも、まずスタイルを気にする。曲ったのは〝いやーねえ〟と敬遠されてしまうから、農家はとにかくまっすぐでありさえすれば、と思うようになる。ミカンはミカン色、お茶はお茶らしい色をしていないとお客が承知しないから、着色加工がされるようになる。

そんなのはまだお愛嬌である。デパートで正札千五百円の下着があまり売れないから、二千五百円に正札をつけ替えたら売れるようになった。品物を買っているのではなく、値段を買っている。安物はいや、高級品を買いたい、いや、そうではない。高級のイメージを買いたいのである。

人間だってそうだ。ろくによく知りもしないくせに、〝あの人いい感じ〟だったり〝いやな感じ〟となったりすると、評価はそれで決まってしまう。人間も中身よりカバーか。男性カツラが売れるはず。この世はあげて面食いになったらしい。

それでちょっと気になり出したのが、このごろ若い政治家が妙に男前になってきたことだ。急に生まれ変わるわけにはゆかないから、やはり選挙のせいに違いない。面食い有権者から〝いい感じ〟と思われないと当選しないのではあるまいか。それでハンサム・ボーイがふえたのだろう。それはいいが、タレントや役者のような人間でないと選挙に勝てぬとなったらどうする。それこそ議会政治の危機である。

＊

テレビのコマーシャルがおもしろかったから、あの味噌買ってみようか、という奥さん。建物が堂々としているからあの大学にしようかと考える受験生。面食い文化は広く深く現代に浸透している。どうしてこういうことになったのか。一口で言ってしまえば、教育普及のせいである。

教育はすべての事象を言語に置き換えて処理する。知識も思考も、すべて言語を通じて行われる。ある有名な文学者が田舎へ行って、カエルのなき声をきいて、何だと言ったそうだ。もちろん文学の中ではカエルはゲロゲロ鳴いているのだが、ほんもの？　はきいたことがなかったらしい。こういう人でも文豪になりうるのが人間社会のおもしろいところである。

現実や実態を言語という記号へ翻訳して扱うから、複雑なことも比較的簡単な形にして理解することができる。教育は言葉による教育である点はもっとしばしば反省されてよい。同世代の九〇％以上が高校進学、同じく三五％以上が大学進学というまの日本は、これまでになく言語人間をたくさん育てていることになる。

高等教育を受けた人は一般に言葉に神経質で、言葉にこだわるが、そのわりに現実についての関心はあいまいなことが多い。言葉づらさえよければ納得するのであろうか。そして、これが面食い文化を生み出すというわけだ。

＊

対立した労使が話をつけるのに、よく「玉虫色」の解決という手が使われる。本当は合意に達していないのに、ひとつの表現を双方で自分の都合のいいように解釈し、相手がそういう解釈をしていることを黙認してことを収めようとする。くさい実際には言葉のフタをして、そのフタをふた通りの名前で呼ぶのが玉虫色の解決である。近年たいへん人気がある方法だ。

それに本音と建前の問題がある。本音は別にあるが、それはそれとして、建前はりっぱでないとまわりが納得しない。看板はもっともらしく、実際はまあまあ、そこは何とか……という羊頭狗肉である。玉虫色と同じく、建前を飾るのも言語による欺瞞で、こういうことが流行のようになったというのは、学校を出た人たちがあまり誠実でない証拠になる。言葉だけつじつまが合っていれば、それでいいとする点取り主義がいかに多いかを暗示している。

近代社会は世間体をとりつくろう欲求によって動くと言われるが、人が見ていなければ何をするかわからない。見ていてもかかわりのない人間なら、何をしでかすか知れない。いわゆる知識人たちにはそういうおそろしい半面がある。馬子にも衣裳。その衣裳のことばかり気にしていて、衣裳さえよければ、馬子は人間でなくても平気だと言い出しかねない。

一般意味論は誤解と混乱を避けるために、言語における抽象のはしごをおりろと教えるが、われわれはいま、ときどき言葉のバスからおりて、自分の足で歩いてみる必要のあることに気付かなくてはならない。ものごとに直接ぶつからなくてはならないときにでも、ただ言語にのみ反応していることがいかに多いことか。

*

入学試験に失敗して、あるいは、失敗したと思い込んで自らの命を断つ若い人がある。試験に落ちるのは苦しい経験であるが、生きていられないほどのことではない。しかし、長い間、落ちたらどうしようという想念につきまとわれている人間は、やがて、その怖しさからのがれられるのなら何でもしたいという気持に追い込まれるかもしれない。現実が怖しいのではなく（それはやってきてみなければわからぬし、いざやってきても、たいていは何とかなるもの）、取り越し苦労でふくらんだ言葉の方に苦しめられる。

不合格という現実以上に、〝不合格〟ということばがおそろしいというところに、言語人間としての面目もあるわけだが、現実を抜きにして言葉との間で短絡をおこすようになってしまっても困る。

ベルを鳴らして犬に餌を与えることを繰り返すと、やがて、ベルをきかせるだけで、犬はダ液を分泌するようになる。パブロフの条件反射である。ところが、人間は餌をもらわなくても、ただ、絵にかいたご馳走を見せられて、おいしい、と教えられると、味わったことのない料理を珍味だと言ってはばからなくなる。頭がいいのか、お人好しか、わからないが、犬ほどに正直でないのだけははっきりしている。

学校教育は実際の料理を与えないで、写真のご馳走を見せて、これが料理だ、おいしいのだと言いきかせる洗脳を行う。うまく洗脳されたのが優等生というわけだ。絵にかいた餅はどうせ食べられないのだから、せめて美しくかいておいてほしい。それが面食い人間の腹の中。

＊

文学もまた面食い文化の一翼を担っているように思われる。ドイツ人は午前中にゲーテを読み、午後は平然と大量殺人のガス室のコックをひねったではないか。文学のヒューマニズムがきいてあきれる。そういう告発をしたユダヤ系文学者がある。文芸長く欺きぬ、というわけか。

文学青年などといわれる人の中に、芸術作品の中にあらわれる人間とか現実にのみ興味をもち、それには実に微妙な反応を示すのに、われわれをとりまくナマの現実にはまるで関心がないということがすくなくない。小説の主人公には深い共感を示すのに、浮世でつき合う人間にはほとんど関心をもたないという人がすくなくない。言葉には敏感で、ちょっとした用語の使い方に目くじらを立てるくせに、他人の心を傷つけるようなことを平気で言ったり、したりするのも、文学が現実との関係をあいまいにしているからである。いたずらに面食い人間をふやすようなら、文学は空虚な言葉の遊びに堕する危険もある。

市民的価値観

大学教授の人気がまた落ちた。そういう話を小耳にはさんで、聞き捨てならんと思ったのは、こちらもそのはしくれだからである。聞いてみると、新聞に信託銀行の調査が出ていたという。さっそくその新聞を見る。なるほど大学教師の評価は転落しているが、ほかにも転落組がある（『日本経済新聞』昭和五十二年一月十二日付、三菱信託銀行の調査）。

昭和五十一年（一九七六）とその五年前の昭和四十六年（一九七一）とを比較しているが、その間に例のオイル・ショックが介在しているから、さぞや大きな変化が起こっているだろうというのが、調査側の目安にあったに違いない。

表1　好ましい職業ベストテン

1976年		1971年	
医者・歯科医	85.3	同時通訳者	99.7
保母	78.2	医者・歯科医	85.2
弁護士	77.8	弁護士	85.1
同時通訳者	77.6	大学教授	82.6
看護婦	75.1	物理学者	74.9
パイロット	67.0	税・経理士	68.0
小学校教師	65.2	本屋	67.7
大学教授	60.8	大企業経営者	67.5
農業・牧畜業	58.8	パイロット	62.9
税・経理士	58.0	保母	60.7

(注)　数字は＋200から－200まで100刻み５段階評価を加重平均したもの。調査方法についてもデータを示すべきであるが、ここでは省略した。

調査は価値観、職業観、財産観と三つに分かれている。大学の教師の人気が落ちたというのは、その職業観の変化の表にもとづいていたのである。それで、まず、〃好ましい職業ベストテン〃として新聞に出ているものを紹介する必要があるが、それは表1である。

左右の表の入れ替わりをみると、一九七一年にあって七六年になくなっているのが、物理学者、本屋、大企業経営者、逆に七六年で新しく登場したのが、看護婦、小学校教師、農業・牧畜業である。順位の下がったもの、同時通訳者、大学教授、税・経理士。上がったもの、医師・歯科医、保母、パイロットとなっている。

こんな表には何の意味もないという意見もあろう。どうして、小学校の先生が大学の先生より好ましいのか、と言われても答えることはむずかしい。人間の好みは説明の限りではない、という意味の諺はどこの国にもある。人生、わからないことがいっぱいあるからこそ、おもしろいとも言えるのである。

一九七一年は、かの大学紛争の直後に当たる。大学と大学教師はさんざん世間からやっつけられて、大いに〝権威〟を失墜したと新聞などに書かれたものだ。それだのに、ベストテンの四位を保っている。昨今は大学も静かだし、とくに信用を落とすような事件も起こっていないのだが、ずっと人気を落としているのは不思議だ。ボクシングではないが、紛争時に受けたボディ・ブローがだんだんきき出したのかもしれない。

それにしても、保母さんのはるか後塵を拝しているのは愉快で、職業に関する価値観が多様化していることをはっきり感じることができる。平和なようだが、やはり、社会は底流ではげしく動いていることを感じさせる。

ついでに、価値観そのものについて、さきの調査があげているもののうち興味ある点に触れておこう。七一年度に比べ七六年度はおしなべて価値に懐疑的になっているのが目立つ。

たとえば「自由」と答えたのが七一年では五〇％近くあるのに、七六年では三五

％前後、「友人」としたものも四七％あたりから三五％へと下がっている。とくに

いちじるしいのは「学問・研究」についての価値観の変動で、七一年には六〇％く

らいの人が価値を認めていたのに、五年後では三〇％台へほぼ半減している。教育

に関心が高いというのに、これはいったい何を意味しているのだろうか（ここの数

字はグラフをもとにしたため細かい数字はあげられない）。

また、財産観についておもしろいのは、「財産といえる預金額」として一千万円

以上と答えた人が七三％もあることだ。五年前には五八・九％だったから、インフ

レを考慮しても、相当な変化である。さらに「一億円以上」とした人が八・三％も

いるというのには驚かされる。過半数の人がかなりの経済的余裕をもっていること

を思わせる数字である。

好ましい職業に話を戻すが、一九七一年より前はどうなっているのかが知りたく

なるが、日本経済新聞に紹介されている限りでは三菱信託銀行調査には出ていない。

表2　職業評価一覧

	1964年	1955年	英国	米国
大学教授	83	90		89
医師	75	83	95	93
土木建設技術者	68	69		84
機械工業技術者	67	70		
会社の課長	64	70		
市役所の課長	61	71		
小学校の先生	60	66	60	78
寺の住職	57	66		86
会社事務員	49	52	43	67
警官	48	51		42

（注）　最も高い100点、やや高い75点、ふつう50点、やや低い25点、もっとも低い0点として平均したのが評点。

ところが、たまたま、一九五五年と一九六四年について似たような職業評価調査があることがわかった。西平重喜氏（統計数理研究所第一研究室長＝当時）が発表しているもの。米英の評価も添えられている。表2である（『自由』昭和三十九年十一月号）。

表2と表1と比べてみると、さすがに時代の移り変わりということを痛感させられる。同時通訳者、パイロットという新しい職種が登場していることよりも、むしろ、保母、看護婦、小学校の先生といった女性の職業が高い評価を得る

ようになったことの方が重い意味をもっているのではあるまいか。同時通訳者も女性あこがれの職業である。

一昨年、NHKの総合放送文化研究所で行なった〝もっとつよくなりたいもの〟という欲求調査によると、いま九〇%以上の人が関心をもっているのが「体と健康」のこと、ついで四人のうち三人まで気にしているのが「言葉づかいが上手になりたい」と「人づき合いが上手になりたい」であった。

心の面のことはとにかく、経済的には少なくともゆとりのある社会を反映しているように思われる。昔から、衣食足りて礼節を知る、という。現代が衣食足った社会かどうかは議論の余地はあるが、いくらかずつは、文化を考える余裕が生じていることは否定できないだろう。言葉への関心はそれを物語っている。教育がやかましく言われるようになったのも、それと無関係とは思われない。女性の発言が大きくなったのはその結果なのか、それとも、そういう変化を起こしている原因なのか、はっきりしないところもあるが、いずれにしても大変化であることには異論はなかろう。そういうことを考えながら、前の表をながめると、また格別の味がする。

〝一千万円以上の預金〟でないと〝財産〟と言えないという人が、いまの日本に七三％もいることを紹介した。これらの人たちが実際にそれだけの財産をもっているかどうかはわからないが、一応の衣食足っているとはいえるだろう。それが七割も超えるのだから驚く。

それで中産階級とか中流階級とか、あるいは中間層とかの名称でこれらの階層の存在が大きく浮かび上がってきた。そこへもってきて、昨年暮れの総選挙で、保守、革新の不振にひきかえ、中道政党が進出したことが符合して、中間文化論に拍車をかけている。

＊

ところで、この中流、中産、中間というときの「中」がおもしろくない。なぜ「中」なのか。歴史に「中世」という時代がある。古代のギリシャ・ローマの文化を理想とし、したがって、それが蘇生したルネッサンス以後の近代を肯定した史観を反映している。輝かしいのは、古代とそれを受け継ぐ近代であるとする。間にはさまった時代にはわざわざ名をつけるまでもないから、真ん中の時代、ミドル・エイジ（中世）で片付けられた。二つの山の頂きにはさまれた谷間の時代であるという軽蔑の意味を汲みとることができる。そんな程度では我慢ならないというはげしい人たちは、これをはっきり〝暗黒時代〟と呼ぶことをためらわなかった。谷間なら暗黒であろう。そもそもあの時代を谷間と見たのが問題である。近世、中世の再評価が行なわれているのはむしろ遅きに失する。

中庸は徳の至れるもの、という思想もないではないが、真ん中はどうもぱっとしない。心理学で溯行禁止ということを教える。ものごとは前後から干渉を受ける。ABCとあるとき、BはCとAの両方から干渉されるから、どうしても印象がぼけやすい。それに比べてAには前からの干渉がなく、Cには後からの干渉が欠落している。それで、ABCとあれば、AとCが際立ち、Bは忘れられやすい、そうである。そう言われてみると、思い当たるふしがあるような気がする。

それはとにかく「中」は軽んじられた、少なくとも価値の中心から外れたことを示す言葉である。中流階級という語も、上流階級と下層階級の二極限に立脚する社会観をふまえていることになる。中産階級という名称も、社会は大金持ちと貧しい人たちから成るものという二元論を代表している。中間層は二つの層の板ばさみになって、無視されるあわれな階層の名前ならそれでいいが、人口の過半数を占める多数であっては、誤称というほかない。

大多数の人たちをつかまえて、〝あなた方はどっちつかずの宙ぶらりん階層だ〟などといっては失礼にならないだろうか。大金持ちも貧しい人もともにお気の毒な例外的な人たちである。普通の人間は普通の生活をしている。これが正常な状態であって、どちらかへ片付かなくてはならない中途半端な立場にあるのではない。むしろ、一応の衣食足っている人間こそ〝常民〟と呼ぶべきであろう。〝常民〟が多いということは結構なことではないか。多ければ多いほどよい。

われわれは似たりよったりということを好まない。すこしでもほかの人たちと違ったことがしたい。賢くなりたい、美しくありたい、ひとより多くの収入がほしいと思う。これがまさしく〝常民〟である証拠だ。常民は大体においてどんぐりの背比べである。似たりよったりである。だからこそ、すこしでも違うところを見せたがる。逆にそれだけ一般的価値観につよく支配されていることになるのだ。

団地に住む人たちの間の競争心はすさまじいものがある。隣でピアノを買えば、うちも買わないではいない。上の家でクルマを買えばこちらもクルマ、という調子。

団地に住んでいる人たちがきわめて均質的な生活環境に暮らしているから、何とか個性化しようとして、変わったことをする人が現われると、またたくまに模倣者が続出して、流行をつくる。〃常民〃の原型的存在は団地住民であるかもしれない。そういう生き方を批判することは容易であるが、現代の人間は多かれ少なかれ〃常民〃的であることを思えば、その原型にはむしろ敬意が払われてしかるべきであろう。

大学教授よりも保母、看護婦、小学校教師を〃好ましい職業〃と見るのも〃常民〃の価値観である。いや、それは建て前である。本音は別のところにあるさ、という声もあるが、建て前としても言えることと、言えないことがある。保母を好ましいという建て前を出せるには、それなりの背景が必要である。いま現に保母さんをしている人たちが、その仕事を好ましいと思っているかどうか、これはまた別の問題である。

〃常民〃が支配的になる社会は、たいてい女性的であるようだ。なぜか。これも興味ある課題だ。

＊

イギリスの歴史家G・M・トレヴェリアンは『英国社会史』のはじめで、大陸文化の流入にまかせていたイギリスが十四世紀になると、すこしずつ固有の文化形態をとるようになり、文学も政治も生活様式もイギリス風と言えるものができてきたと指摘し、それに〝アイランド・フォーム〟(島の形式)という名を与えている。

実際、イギリスはヨーロッパ大陸から実に多くのものを学んでいる。大陸は先進文化であった。ところが、イギリス人の意識では、外国から影響を受けたことがはっきりしていないように見受けられる。少なくとも表にそれを出さないから、すべてがイギリス自前のように見える。

学校で英文学史を受け持つときには、イギリス人の書いた入門的概説書を参考に使うことにしているが、それでおもしろいことに気付いた。外国文学の影響ということをほとんど口にしない。

チョーサーという十四世紀詩人は英詩の父と言われる人だが、フランス、イタリアの大陸文学を範として詩を書いた。ところがわれわれの使っている英文学史にはそのことが一言半句も出ない。それぱかりではない。ギリシャ・ローマの文学の影響によって文芸復興が起こっているのはイギリスとて変わりがないのだが、ことさら外来要素をぼかしているのではないかと思われる記述がしてある。十九世紀のカーライルやマシュー・アーノルドにドイツ文学、文化の与えたものはきわめて大きいはずであるが、やはり、ドイツとも大陸とも書いていない。徹底した〝鎖国〟文化である。これが〝アイランド・フォーム〟というものの現われであろう。

島国には陸続きの外国をもつ〝大陸国〟とはいろいろな点で違う特色があるのであるが、放っておけば、島国が文化の〝鎖国〟的洗練へ赴くのは中でももっともいちじるしい特色のように思われる。日本とイギリスがとくに似ていると言うつもりはないが、島国という条件、すぐれた先進文化の大陸が控えていて、その流入が長い間にわたって続いたという歴史において相通じるところがないわけではない。われわれの国の文化も〝アイランド・フォーム〟を特色としているのではあるまいか。

中国大陸からの圧倒的な文化的影響を受けたにもかかわらず、決してその亜流に堕さなかったばかりか、独自の女性的、とでも規定したくなる繊細優艶な文化を発達させてきた。

中国に学んだ空海が、在唐の間は中国風の大らかな字を書いたのに、帰朝後しばらくするとやわらかい小ぶりの文字を書く書風に変わったといわれる。この天才は大陸におけるのと島国におけるのとでは、同じ文字でも異なった美学に支配されることを洞察していたのであろう。空海がわが文学史上大きな存在であるのは、〝アイランド・フォーム〟の創始者であることによるのかもしれない。

そういう傾向が潜在していればこそ、江戸時代における鎖国も可能であったのである。われわれは放っておけば、内にこもる傾向がある。それを戒め、つとめて外に目を向けようとするが、気がついてみると、いつの間にか〝アイランド・フォーム〟的文化の洗練が進んでいるという具合である。

鎖国はいかにも大きな犠牲をしいる結果を残した。鎖国はいけないというのが国民的常識になった明治以降、外国のすぐれたものならば何でも採り入れようということになっている。実際、外国から猿真似人間だなどと軽蔑を受けるほど外来文化の摂取に熱心であった。その華やかさにとりまぎれて、鎖国的傾向がおりにふれて頭をもたげていたことは見落とされがちであるが、〝アイランド・フォーム〟への傾斜は決して消滅しているのではない。

われわれは意識的努力によって国際的になろうとするが、すこしうっかりしていると、すぐまた鎖国的内向性に傾く。大陸国は放っておいてもインターナショナルであって、その気になって努力しないとナショナルにならないのと好対照である。現在のような国際情勢では、いわゆる鎖国は考えることもできないが、目に見えない、内なる鎖国なら可能である。一見、外国に目を向けているように見えて、その実は外来のものを許さない。ただ、外来語が多いという批判などをそういう内なる鎖国と結びつけて解釈するのは皮相である。

むしろ、われわれ日本人が外国語習得が不得意であることの方がこの内なる鎖国と深く結びついているように考えられる。心に〝アイランド・フォーム〟があれば、外来文化のパターンである外国語などをすらすら受け容れられるわけがない。

お互い同士で固まり合って外に対する。外国とのことだけではない。国内でも地域ごとに〝アイランド・フォーム〟を発揮する。県人会というのがある。

同じ県でありながら幕府時代の区分にいまだにこだわって、尾張の人間は三河を〝外国〟のように見ているから、尾張と三河では別々の東京学生寮をこしらえるのが当然だと思ったりする。学閥とか企業系列化などというものも、わが国では〝アイランド・フォーム〟の色彩を帯びる。

企業の中の人間は、自分たちのことをちょうど軍艦の乗組員のように考えている。外へ一歩出れば生きていられないとばかり、結束し団結する。島の人、〝アイランダー〟である。こういう内向性がもっとも小さな単位で発揮されるのが家族で、このごろのマイホーム主義は、その現代版であり、かつての家族制度と形は異っても根ざすところは変わらない。

明治以降の日本は大体において欧米先導型の文化をもっていたから、いつも外来の要因に攪拌されていて、はっきり〝アイランド・フォーム〟をとるに至らなかった。ときどき間歇的爆発は見られても、しっかりした中核を欠いていたと言わなくてはならない。それが近年に至ってようやく伝統と外来との調和に向かって動き出そうとしている。その担い手が、さきに述べた常民である。〝アイランド・フォーム〟の仕上げはこの常民階層に俟たなくてはなるまい。この階層が固まるならば、社会はこれへ向かって求心的に収束すると考えられる。

日本経済は高度成長期を迎えて〝離陸〟したと言われ、世界の驚異となったが、常民階層の成立は文化的離陸を約束するものとして注目される。

＊

現代ほど〝らしさ〟が求められる時代も少ないのではないかと思う。

前にも話したが、主婦が八百屋やスーパーでキュウリを買うのに、姿のいいのを選ぶ。曲がったキュウリはお買い上げにならない。どうせのことならまっすぐな方が感じがいい、というのはわからないではないが、キュウリは食べるもの、味はかっこうに関係がないはず。だとすれば曲がったキュウリがあれほど嫌われなくてもよかろう。農家ではおいしいキュウリをつくるより姿のいいのをつくることに心を砕くようになる。

見た目と同じくらい重要なのが、名前であるから、最近は子供の名前にひどく凝るようだ。そのために漢字の枠を広げよという圧力が続いているらしい。商品も命名（ネーミング）ひとつで成功したり失敗したりすると言われて、工夫がこらされる。

かつては薬品とか化粧品のようなイメージ商品はともかく一般商品ではネーミングはそれほどやかましく言われなかったのだが、いまでは何によらず名前がイメージを決定し、イメージは本体の価値を左右すると考えられる。はては、何十年来売り込んできた社名を未練もなく捨てて新しい名を名乗る大企業がいくつも出現するまでになる。

面食い人間はやがて言葉を気にし出す。同じことを言うのならカッコのいい言葉がいいと考えるようになる。小鳥にエサをやる、あげる、どちらがいいか、数年来、女性の間で熱い問題になっている。小鳥にエサをあげる、が語法上正しくないなどということはどうでもいいのであって、〝やる〟という語感がおもしろくないと考える人たちは断乎〝あげる〟に軍配をあげる。ある調査（『サンケイ新聞』千人調査）によると、年輩女性には〝やる〟派が多いのに、若い人たちの世代は〝あげる〟派が優勢だというのもおもしろい。一般に若い人は言葉が乱れていると批判されているが、ある面ではきわめて言葉に敏感なのである。

さきごろから日本語ブームという妙な言葉がよく聞かれるが、常民の面食い人間には、日本語をしっかり使いこなすことが、これまでの人間には考えられないほど重要な意味をもつ。前記NHK調査で、四人に三人が〝言葉づかいが上手になりたい〟と願っているのは、その現われであろう。

はじめに紹介した〝好ましい職業〟にしても、実際になりたいから〝好ましい〟としたとは限らない。〝保母〟を〝好ましい〟とした女性は自分では航空会社へ就職を希望しているかもしれないし、男なら自分の妹を自由業に就かせたいと思いながら、〝保母〟を好ましいと言っているのかもしれない。しかし、スチュワーデスがすてき（かつては女性あこがれの職種）、などと手放しに言ってのけるのは自他ともにシラケる。それより〝保母〟、〝小学校の先生〟とした方がどれだけカッコいいかわからない。職業の実際をよく見極めないで、世の中のために黙々として働く尊い仕事だ、などという公式的イメージを買う。やはり面食い人間らしい反応である。教育の普及、通学年限の平均的増加が、この面食い族の大量発生に関係があるように思われる。

いったいに、教育はものの本質をとらえるための思考、認識の練磨を目標としているべきであって、面食い人間などを育てようとしていないことははっきりしている。ところが教育水準が高まるにつれて、外見、見かけによって判断する人がふえてくるという一見皮肉な現象が一般的になってきた。なぜであろうか。

学校教育は経験そのものを伝えることはできない。事実そのものを示すことも多くの場合困難である。それらを言語化した〝知識〟の形で与える。学校教育を長く受ければ受けるほど、言葉による代償経験の比率は高まって、実地、現実から遊離する傾向も大きい。そして、知らず知らずのうちに面食い人間になってしまう。

それが観念的だという反省がほとんどなされないのも、きわめて多くの人々に共有され遍在している特性となったために、意識されることが少ないのであろう。常民文化はこの面食い文化を特色とするように考えられる。

*

生活にすこしゆとりが生じると、人間は幸福とは何かを考え始める。衣食足って礼節を知るというのも、その一形式と見てよい。経済的余裕がない間、幸福は金銭で買うことのできるものである。金があればあるほど、物が豊かであればあるほど、幸福だと信じる。

ところが、何とか暮らしていかれるようになった人たちは、やがて、経済力と幸福とは正比例しないことを発見して、改めて、幸福とは何ぞや、と立ち止まって考える。

これもさきに言及したことであるが、『十九世紀の英国』という歴史の中で、著者デイヴィッド・トムソンは、この時代のイギリスについて、こう書いている。「世界の人々が英国を目して世界の指導的存在と見たのは、この国が経済的繁栄の秘密と政治的安定の鍵をにぎっていたこともあるが、さらに大きな原因は、英国が幸福の哲学（the philosophy of happiness）を発見したらしく思われたことである」

産業革命に成功したイギリスは経済的繁栄の秘密を握っていたが、それだけで世界の尊敬を得たのではなく、礼節としての〝幸福の哲学〟を発見したことが大きくものを言って、ナポレオンのさげすみによれば〝売子の国民〟であったのが〝紳士の国〟に昇格した。

わが国の世界貿易が、とかく摩擦を生じやすいのは、経済的繁栄の基盤を持ちはしたものの、文化原理を欠いて、人間の幸福ということに対する配慮が欠けているからであると考えられる。これは産業界だけの責任ではなくて、国民全体の自覚されない偏向にもとづいている。文化原理の欠けたまま経済原理が独走したということである。

戦争によって丸裸同然になった日本を復興させるには先立つものは物であり、金である。ぜいたくなことは言っていられない。なり振り構わず経済的再建に没頭した。それには社会も個人もない。そしてあっという短い間に、みごとな復興をなしとげ、勢いの赴くところ、戦前をはるかに上回る繁栄までもたらしたが、その間に、多くの国民が拝金主義者とまではいかなくとも、物質主義者的になってしまっていたことには気付かなかった。

そういう空気は、たとえば、国立大学の増設にもはっきり現われていて、この三十年間、文学部関係の学科新設、講座増設はほとんど皆無に等しかったのに対して、工学部の規模はおそらく数倍になっているに違いない。それに対して、官僚や世間は当然のことのように思っていたのだからおもしろい。大学の内部においても、諦めの空気が支配的で、それに反省を求める声はほとんど聞かれなかった。

昭和五十一年、経済協力開発機構（ＯＥＣＤ）から日本は科学技術部門にのみ投資して、社会科学関係には十分な予算をつけていないという批判を受けるという〝事件〟があって、われわれの物質的な価値観が世界の注目を浴びることになった。

アメリカにおける対日本イメージ調査でも、戦前の神秘と精神文化の国というイメージが、いまでは、安くて優秀な製品を輸出してくる工業国に変わったという。

日本が世界に向けているのは、工業国の顔である。〝幸福の哲学〟を発見したらしい、などとは当分思われそうもない。

外向きのことはとにかくとして、ここ十年の経済成長によって生まれた新しい階層はそれなりに新しい価値の模索を開始している。この階層を中流とか中産階級と呼ぶのがまずいことはすでに述べたが、ここでの関係で言うならば、経済原理の中だけでの考え方に立脚しているからいけない、ということを付け加えることができる。文化原理が欠落しているのである。

〝常民〟階層は、何によって〝幸福〟行きの切符を手に入れることができると考えているであろうか。金や物ではないらしいことはすこしはっきりしてきたが、それではそれに代わるものは何かになると、もうひとつ明確ではない。

その幻のようなものを追い求めているうちに突き当ったのが、教育であった。すさまじいばかりの教育ラッシュが始まって、たちまちのうちに、三人に一人が大学へ進学するようになった。家庭における最大の関心は子弟の教育であって、そのためには転勤する父親が単身赴任するのは当たり前のことにさえなっている。

その限りにおいて、経済原理はすでに文化原理に屈服しているが、いまの教育熱心が必ずしも文化原理に発するものではなく、むしろ、経済原理に根ざしていることを考えるならば、教育を文化の原動力と見なすことには慎重でなければならない。〝幸福〟を求める〝常民〟が突き当ったもうひとつが言葉である。それまではほとんど自覚することもなく使っていた母国語を大切にしようという雰囲気がどこからともなくでてきた。

これまで言語といえば主として外国語の語学を考えていたのが、ここへ来て脚下照顧、日本語に新鮮な興味をもつようになった。これは教育的関心に比べてより文化的だと言うことができる。

〝常民〟の〝幸福への道〟は目先のところでは、国語再発見による生活の見直し、転換と、すこし長期的には、教育によるりっぱな人間を育てようという方向をとっている。それが実現可能かどうかはまた別の問題である。

そして、これらを通して認められるのは〝常民〟文化の基本はきわめて女性的傾向が顕著だということである。好ましい職業の中に、保母、看護婦、それに、このごろ女性の方が多くなっている小学校教師が入っているのは、偶然ではない。

ことばの引力
——広告の表現——

目を引く女の人。つい聞き耳を立てたくなる話。目を引くのとそうでないのと、どこが違うのか。聞き耳を立てる話と、聞いていて眠くなる話とはどこがどう違うのか。つまり、引力をもつか、もたぬかの違いである。

かつてアメリカで流行した言い方をするなら〝イット〟(it)のある女性は、放っておいても人目を引く。どこといって特色がなくてもよい。美人でもないが、どこかに魅力のあるのがイットを備えた女性である。おもしろそうな話というのもそれと同じで、どこがおもしろいか、と聞かれても返事に窮するが、とにかく心を引かれるのである。この〝イット〟や〝どことなくおもしろい〟の正体は、なかなかとらえられない。

新聞をぼんやり見ているとき、自分と同じ姓があるとさっとそちらへ目が引きつけられる。視野の中心部にあるのならとにかく、かなり周辺にある活字が、向こうから飛び込んでくる。いや、こちらの視線がそちらへ吸い寄せられる。どちらにしても不思議だと思うが、考えてもよくわからない。もっとも、佐藤とか田中といったよくある名前をもった人ではこういうことは少なく、比較的珍しい名字をもっている人のほうが引力は強く働くのかもしれない。

トダという学生が、同じクラスのタダという名前が呼ばれるといつも自分と思ってハッとする、という。もちろんトダと呼ばれてもハッとするだろう。われわれは、自分の名前にもかなり敏感に反応するようにできているらしい。絶えず、お互いの名前を呼び合っている外国人には見られない現象であろう。委員会に委員長の名前をつけて、チャーチ委員会だの、発見者の名にちなんで病気をパーキンソン病だのという感覚は、われわれにはよくわからない。

名は忌むものという思想があるのは、名前がおそろしいほどの引力をもっていると感じるからではなかろうか。われわれはなるべく自分の名前を口にしないようにする。第一人称の代名詞すら表面に出さないで、主語を伏せた文章や言い方が発達する。

＊

自分の名前がわれわれにとって、なぜ引力をもつのか。われわれが繰り返し繰り返し使い、しかも特別な関心をもって使ううちに感情がこもるからである。これは名前だけではなく、自分の住んでいるところの名前なども同じだし、またたとえば、〝便所〟という語にしても同様で、ことばに臭いのあるわけがないのに、このことばはどこか臭気をただよわせる。臭くては困るからほかの語に言い換えるが、これがまたすぐ臭気を帯びる。

繰り返し用いられる表現は、文字やことばにかぎらず、デザインやメロディでも同じことだが、型（パターン）をつくり上げる。パターンは、それに絶えず触れている人に条件反射反応を呼び起こす。これがパターン認識といわれるものになる。パターンは、繰り返してできる。あまり繰り返しが多くなると、新鮮な刺激をともなわなくなる。引力が少なくて退屈に感じられる。常識や既成のパターンをすこしズラせると、人の心を引く引力が生じるらしい。

定型のパターンをすこしズラせて用いると、表現と定型の間に真空のエアポケットのようなものができる。読む人聞く人は、その真空帯に吸い寄せられて、その表現に心を向けるというわけらしい。雨が降れば天気が悪い式の当たり前のことでは、人の注意を引くことはできない。犬が人間にかみついてもニュースにはならないが、人間が犬にかみつけば、おもしろいニュースになるといった人がある。

＊

最近の「電通報」によるとH社の〝節分や鬼もおどろく熱は外〟という電気冷蔵庫の広告が子供に大受けに受けているという。〝鬼は外〟という〝きまり文句〟をヒネって〝熱は外〟としたもので、語呂がいい。

これはもじりとか、ひねりといわれる技法で、引力をもった表現をつくる有力な方法だ。

アメリカの「タイム」は、インテリ層で圧倒的な強みを見せる週刊誌だが、広告だけでなく、記事の見出しにも、このひねりの手をふんだんに取り入れている。子供にテレビを見せていいか、悪いか、が教育ママたちの間でやかましい問題になったとき、この「タイム」は特集を組み、題して、〝TV是か否か――それが問題〟とやった。英語では“TV or not TV――that is the question”となる。もちろん『ハムレット』の名文句“To be or not to be――that is the question”のパロディであることは子供でも知っているから、見出しとして、またとない大きな吸引力をもった。だれでも目を止めないわけにはいかない(TVとto beとは音が似ている)。

〝熱は外〟を考えたメーカーは、また〝霜用心〟というキャッチフレーズもつくった。こちらは、冬の季節をふまえて、〝火の用心〟というのをひねったのだろう。〝熱は外〟は節分前後の時期に合わせると効果は倍増する。

人口にかいしゃしたことばは、パターンとしてそれ自体でも強い連想力をもっているから、それにすこしズレあるいはユガミを与えると、吸引力が相乗されて、すばらしい力をもつようになる。またたくまに口から口へ伝わって広がる。

昔は印刷媒体がすくなく、すべてが口から口へのいわゆる口コミであったから、こういうヒネリのおもしろさで、情報を広めた。引力の強いことばをつくろうと思ったら、古人のやった跡を研究しなければウソである。

昔の人は、有名な歌を本歌として、それにヒネリを与えた〝本歌どり〟ということをさかんにやった。そんなのはもの真似ではないか、というのは近代主義である。ことばのおもしろさは、案外この〝本歌どり〟の手法のなかにある。〝本歌どり〟は、テーマからバリエーションをつくる作曲法に通じるものをもっている。現代人はまた、このバリエーションのおもしろさに敏感になってきたように思われる。

*

風邪にやられて寝ているときなど、ほとんど一日、ラジオをかけっ放しにしておくことがある。どこも音楽か歌を流している。ひとつくらい話を聞かせてくれるところはないかと、さがしてみるが、やっていない。よほどみんな歌が好きなのだろう。

語り口調でいったのではとてものみこめないようなことも、調子をつけて歌えば案外すらすらと受け入れられる。もっとも、そういう調子のいいメッセージはとかく内容が空虚になりやすいから、わざと語呂をわるくして、訴えを強めようという手も用いられる。交通標語の〝注意一秒、怪我一生〟といったたぐいは、重大なことがいかにも軽々しく考えられているような錯覚を与える。

このごろ日本人の知覚は、目中心からすこし耳のほうへ移行しつつあるようだ。もともと日本の言語感覚は、文字と視覚中心で、耳はいわばお留守の状態にあった。それが近年、急に聴覚的な人が、ことに若い世代に多くなっている。それにともなって、日本語そのものにも変化が見られる。

これまで、といっても、主として明治以降のことだが、日本語は、名詞で勝負してきた。それが、漢字を重ねた固い感じの名詞である。当然、センテンス（文）の重心は上のほうに引き上げられていて、末尾の影はうすくなる。ところが近年になって、動詞と文末語尾に重心が移ろうとしている。それとともに、文字を読むにも耳を遊ばせておかないで、耳でも読む人があらわれた。そういう読者が、対談集とか座談会記事を喜ぶのは当然だろう。

漢字を重ねた名詞は、多く外来の思想や文物を伝えるものであるのに対して、仮名であらわされる動詞のほうは、われわれの遠い祖先の心を宿している。語尾に関心が向くようになったのは、日本人の言語意識にナショナリズムの影がさしているということだ。関西弁のおもしろさが発見されつつあるのも偶然ではない。

なお、動詞について一言すると、日本語の話しことばでは、動詞の命令形はご法度で、ほとんど使われない。コカ・コーラのCMが、アメリカでDrink Coca-Cola（コカコーラを飲め）という命令形を使っていることはご存知のとおり。こういったCMを日本でこのまま訳しても、とうてい使いものにならない。

ただ、不思議と、歌詞のなかへはいると、とたんに命令形も結構となるからおもしろい。たとえば最近の大ヒットの〝およげたいやきくん〟にしてもそうだ。

＊

青丹よし奈良……さざなみの志賀……など古くは枕詞のついた地名がすくなくない。どうして枕詞がつくようになったのか。地名の引力が引き寄せたものと考えることができる。雪は白い。それを真っ白な雪、という。真っ白は蛇足か。かならずしもそうとは言い切れない。雪にこもる力が真っ白という形容詞を引き寄せたのであろう。うちで飼っている〝犬〟をただ犬と呼ぶのでは気持にぴったりしない。かわいいワンチャン、とかなんとか。

詩のなかで地名を使うと強い連想効果をおさめることができるということに気付いたのは、わが国では万葉集の時代までさかのぼるが、イギリスなどでは、ほんの三百〜四百年前のことでしかない。

どうして地名に情緒がこもるのか。つまり、引力が強くなるのか。固有名詞のほかのことばとは違って、使われる対象が固定している。奈良ということばを京都に使うことはあり得ない。いつも奈良という大地に対して用いられるから、さまざまな連想が蓄積する。そのボルテージが上がり、ニュアンスがわれわれの心を引きつける。なつかしい、という気持をおこす。

よくCMを見ている人が、同じことを三回も繰り返して、うるさい、そんなにしつこくやらなくてもわかる、と腹を立てる。しかし、この繰り返しは、不可欠な条件である。どんなに巧妙なCMでも、リピートが不足したのでは効果は上がらない。

なぜか。繰り返しによって、表現が固有名詞に近い性格のものになるからである。これを固有名詞として法律的に保護しようとするのが、商標登録である。

たとえば、ジェット・アンド・ホテルというキャッチフレーズがある。これだけならジェット機とホテルということだけだが、航空会社がこれを合ことばに販売キャンペーンを展開、繰り返し広告に使っていれば、そのうちに、受け手は、これをある特定の航空会社の〝専用〟語と見なすようになる。そうなれば、普通名詞が固有名詞に化けたわけで、そのとき、そのキャッチフレーズは、もとはなかった情緒を帯びているはずだ。

*

ビューティ・スポット（つけほくろ）は整いすぎた顔、あるいは普通の化粧ではおもしろくないから、わざとありもしないほくろをつけて人の目を引こうとする工夫である。ことばも同じことで、どこか一カ所くらい破綻があったほうがよい。

菊池寛は〝みんなすっかりわかるように話した〟と誇った友人に向かって〝それはいけない、どこか一、二カ所はわからぬところを残しておかなければ……〟と忠告したという。芭蕉は〝言いおおせて何かある〟といっている。全部いいつくしたらおしまい、ということだ。あえていわずに伏せておく。それが人の注意を引くのである。

ことばに飛躍があって、論理のつながりがもうひとつしっくりしないというようなCMが人気を呼ぶことがあるのも、つじつまが合わぬところが引力の働きを果たしているのかもしれない。なれない人間が、広告コピーを書くとどうしても書きすぎる。書きたいことを落として、読むもの、見る人の心をくすぐる。それには空白、沈黙の効果も忘れることができない。戦後、ある化粧品メーカーがまず、余白を大きくとった広告で成果を出し、ついで、○○は使ってはいけません、という逆説表現で意表をついた。このごろは聴覚言語が優勢になってきたのだから、沈黙を生かしたCMがもっと研究されなくてはなるまい。

これまで述べてきたように、いまの広告表現は音声中心、聴覚本位になりつつあるが、漢字という独自の表現手段をもつ日本語においては、視覚的表現の可能性はなお、きわめて大きいように思われる。

音楽としてのことばと、絵としてのことばが調和したとき、われわれのことばは最も大きな魅力を発揮するであろう。

ことばと心

ほとんどすべての人が高校へ進学し、三人にひとりが大学へ行くようになって、教育の普及は目を見はらせるものがある。それにつれて世の中も大きく変わってきた。中でも大きな変化は、ことばに対する関心が高くなったことと、ものごとをそれ自体ではなく、ことばで判断する風潮であろう。

日本人は昔からことばにたいへん敏感であった。だからこそ、ほかの国にはないようなこまかい敬語も発達したのだが、このごろまた、ことばを気にする人がふえてきたようだ。ことばの上の争いが多くなってきた。

学校の勉強は、実物を見ないで、ことばで説明したことを理解するものである。

経験しないことを経験したように説明するのだから、ある程度ことばに敏感でないと、学校について行かれない。逆に言うと、学校に長くいる人ほどことばを気にするということである。その結果、ことばづらさえよければ、実際はあまり問題にしないという人がふえている。

＊

毎年、春、入学試験の前になると、中学生などの自殺が新聞によく出る。その自殺の理由をきかされて首をかしげたくなる。

本当に試験を受けて落ちたから、というのなら、なるほどと思えるのだが、そうでない自殺者がいる。試験を受けない。受ければ落ちるのではないか。いや、落ちるに違いない。落ちたらどうしよう。そういう取り越し苦労をしたあげ句に死んでしまうのだから、わからない。

別に体に悪いところがないのに、友だちから、「顔色が悪いね、どこか病気があるんじゃない？」などと言われると、急に、そんな気がしてくるということがある。別の友人から同じように「疲れているんじゃないか」と言われると、本当の病人のように思い込む。お医者へ行って、どこも悪くないと言われても信じようとしない人もいる。

体が悪いと思い込んでお医者へ行く。見てくれた医者が「どこも悪いところはありません。薬もいりません」と太鼓判をおしてくれると、急に元気が出てきて、もともと何もなかったような気になるものだ。

昔から、やまいは気からと言う。ことに、ことばに敏感になっているいまの世の中ではことばから病気になったり、ことばで病気がなおったりすることが多い。

不治のやまいの病気を患者に言ったほうがいいのか、言わないほうがいいのかは、医者の間でも大きな問題になっているようだが、ごく意志のつよい人は別として、たいていは、そういう病名を告げられると、それだけで生きられないように気おちしてしまう。病勢も悪化するだろう。たとえ気休めとわかっていても、「大丈夫、治ります」と言われた方が患者はどれほどありがたいかしれない。

ことばによって暗示にかかったり、ことばを気にしてくよくよするというのは、人間にだけあることであろう。古くからそういうことはあったが、教育程度の高い人たちではとくにそれがいちじるしいようだ。人を傷つけると言う。実際の危害を加えなくても、ことばひとつで相手に当分立ち上がれないくらいの打撃を与えることができる。わざわざ手荒なまねをするには及ばない。ときには、ことばだけで本当に死に追いやられてしまう人間だっている。

ある人間をダメにしようと思ったら、やんわり、繰り返して、「あなたはダメになります」と言っていればいい。本当にダメになってしまう。ご亭主にそういうことを口ぐせのように言っている奥さんもすくなくない。結果は奥さんの予言のとおりになってくれる。

こういうことがある。学校で一クラス四十名をAB二つに分けて、同じ試験をする。Aの二十人にはそのまま答案を返す。Bの二十人には答案を見せないで、ひとりひとりを先生が呼び出して、こんどの試験、きみはたいへんよくできたと、でたらめを言う。するとどうであろう。Bグループはそのうち Aグループよりも本当にいい成績をとるようになるのである。ウソから出たマコトというが、ことばの力はこんなにもつよいものである。

＊

ことばを気にするような人は、多かれ少なかれ、さみしがり屋である。

農村で農業をしている人たちは今でも、一日中ほとんど口をきかない。ひとりで仕事をしていれば話し相手もいないのである。それで別にさみしいと感じないのは、自然との心の交流があるからだろうか。ところが、都会で生活している人たち、ことに頭を使う仕事をしている人たちは、ほかの人とことばをかわさないでいると、ひどくさびしくなる。

朝、同じ会社の人と顔を合わせたとき、いつも気持ちよく挨拶するのに、その日は様子がおかしいとする。二、三日して、別の人がまた何となく妙な挨拶のしかたをしたとしよう。こういうことが繰り返されると、この人は一種のノイローゼになり、世の中がおもしろくなくなってしまう。

これはことばによるふれ合いが正常でないためにおこるのである。それでこちらの心に傷ができる。妙な挨拶は異常接触である。

ことばによるふれ合いは人間に欠かせないものだ。赤ん坊を育てているときにも十分気をつけないといけない。それが不足したり、トゲをふくんだふれ合いをしていると、大きくなってから神経質だったり、攻撃的な人間になる。社会に適合する性格を育てるには母親が赤ん坊にやさしく話しかけてやることが必要である。

大人になっても、ことばによるふれ合いがなくては困る。別にこれと言った用はなくても、気のおけない人とおしゃべりをするというのは、精神衛生の上からもたいへんいいことだ。デパートの売り子がお客をそっちのけにしておしゃべりに夢中になっているのも、サラリーマンが、いっぱいやりながら上役の棚卸しをしているのも、みなことばの交換をたのしんでいるのである。

昔の井戸端会議は、主婦にとってまたとないトランキライザーの役割を果たしていたと思われる。このごろならばPTA帰りのお母さんたちのおしゃべり。これをバカにして笑う人がいるが、とんでもない見当違いだ。

＊

このごろ軽い慢性のノイローゼ気味人間がふえているらしい。なぜか。いろいろなことを頭に入れすぎるからだ。学校の生徒が詰め込み教育で苦しんでいるだけではない。大人も昔に比べて情報が多すぎる。

どんどんものが入ってきたら、他方でどんどん掃除をしないといけない。つまり

「忘れ」てやる必要がある。ところが、いまの人間は忘れ方を学校で習っていない。覚えることは知っているが、忘れることが下手だ。それで、頭の中がフン詰まりみたいになるというわけだ。

人間は忘れるようにできている。一晩寝ると、不必要なものは忘れて、朝は頭がさっぱり、スッキリしている。ふつうだと、夜の睡眠だけできれいに忘れられるのだが、とくに頭を使う人、こまかいことが気になるたちの人は、夜寝るだけでは忘れ方が足りない。

そこで自然の忘却だけを頼りにせず、忘れる努力が必要になってくる。酒を飲んで忘れるのはヤケ酒で、これも忘れる一法だ。好きなゴルフですべてを忘れるのもいい。汗を流すのが忘れるのに有効である。体を動かさなくなったいまの人間にノイローゼが多いのは偶然とは思われない。

気分をよくするためばかりではなく、頭をよくするにも忘れることが必要だ。頭をさっぱりしておかないと知識欲もわかない。おなかがいっぱいだと、おいしいものでも食べたくないのと同じである。

＊

胃かいようになりやすいのは、思ったことを口にしない内向性の人に多いということだ。だから、男に多いのだそうである。思ったことを言わないのよりも、もっと健康に悪いのは、泣きたいときにぐっとこらえていることだ。女の人はよく泣くが、これが健康によい。長生きするわけだ。男は泣くにも泣けない、などといって胃かいようをふやす。

泣くと同じように、笑うことも大事である。

昔から日本の男はめったなことでは歯を見せるなとされた。さむらいには相当胃かいようが多かったと思われる。結婚披露宴のスピーチなども、ほとんど笑いのない話である。あれでは食べたものの消化もよくない。お互いにもっと笑いの工夫をしなくてはならないだろう。

歌をうたうのも悪気の発散には適している。風呂に入って鼻歌をうたうのなど最高だ。

女性は泣いたり笑ったりはお得意だが、ほかの発散の方法は封じられている。それで鬱積しがちだ。そういう人には皿を割ったり、ヤカンを飛ばしたりする花々しい夫婦ゲンカが案外精神衛生上の良薬になるものである。皿を割る夫婦ゲンカができなければ、テレビの暴力番組を見たり、ボクシングを見たりするのも一法だ。

『徒然草』にものいわぬは腹ふくるるわざなり、とある。胸にあることをしまっておくのはたいへん体によくないことを昔の人も知っていたらしい。それをいかにエレガントに発散するかが現代人の知恵である。

*

ところで、わたしたちにとって本当の幸福とは、いったい何か。もちろんお金も必要だ。住むところもいる。ときにおいしい食べものもほしい。しかし、それだけでは生きがいと幸福は生まれない。

心の楽しみがなくてはいけない。つまり、人からほめてもらうことだ。人をほめること、これがいまの世の中でいちばん欠けている。ほめるというのは教育の基本でもある。叱ってばかりいては伸びるものも伸びない。ほめてやるとヒョウタンからコマが出るみたいに、ほんとによくできるようになるのは、さきに紹介した学校のテストの例のとおりである。

山本五十六元帥のことばとして伝えられる、

ヤッテミセテ
イッテキカセテ
サセテミテ
ホメテヤラネバヒトハウゴカジ

は、けだし名言である。

人間関係でもまずいことになるのは、何でもないちょっとした陰口であることが多いものだ。逆に陰でひとのことをほめると、やがてそれが相手に伝わり、その人がこんどはもとの人をほめる。こうしてほめことばのキャッチボールが始まると、そのうちお互いが好ましくなってくる。どこにもいやな人間はいるものだが、そういう人に対してもほめる心を失わないでいれば、そのうちに、いやな人間が消えてなくなる。

最後に、ことばによって、長生きをし、若々しくなる方法をご紹介したい。

赤ちゃんが生まれて三十カ月もすると、だいぶ人間らしくなるが、それはことばを習うからだ。ことばこそ心をはぐくむ総合栄養である。

ところが大人になると、もうあまりことばを覚える努力をしなくても生きていかれる。ことばの刺激がすくなくなるのだが、それとともに心の老化が始まる。ことに、家庭に入った女性にはことばの刺激が限られがちだから、かつてはヌカ味噌くさくなると言ったのである。家庭の主婦でも、ことばに注意し、新しいことがらに興味をもっていれば、ふけたりはしない。

年をとるか、とらないかは、心の緊張があるかないかによる。同じ年齢の人でも、はりのある生活をしている人はいつまでも若々しい。

生活の条件がないときに若さを保つにはどうしたらいいか。いちばん簡単なのは、新しいことばを毎日すこしずつ覚えることだろう。英語でもフランス語でも、あるいは朝鮮語でもマレー語でも結構。急がずにすこしずつ勉強する。子供に比べてはるかに覚えが悪いが、それだけ心が老化している証拠である。一生懸命に勉強していると、だんだん「童心」に近くなる。童心がなくてはことばは覚えられないからだ。童心が若さをもたらす。

心が若くなれば、それはやがてかならず、外にもあらわれて、見るからに、若々しくなるだろう。その上、なにがしか知的な美しさもただよわせるはずだ。心のお化粧である。洗っておちない。汗をかいても崩れることがない。ことばこそ不老長寿、美容の妙薬というわけである。さらに、気がついてみたら頭もよく働くようになっていたとなるはずである。

文庫版あとがき

戦争中から戦後もかなりの間、日本人はいつも腹をすかせ、ひもじい思いをしていた。人びとは猛烈に働いて、やがて豊かになり、世界から驚異の目で見られるまでになった。

衣食足ったら、礼節を知る順序になるのだが、そもそも、礼節などということばすら忘れてしまったのだから、飽食暖衣となっても稼ぐことしか頭にない人間ばかりになる。ヨーロッパがあきれて、エコノミック・アニマルだとけなしたが、やり返すこともかなわなかった。

そういう中にあって、私は、いくつか、人間と文化を考えようとしたエッセイを書き、雑誌などに発表した。

これらの文章を集めて『中年閑居して……』(日本経済新聞社)として出版したの

想』が一九七八年である。四年後の一九八二年に、改題して『ライフワークの思想』（旺文社）が文庫本として出た。こんどのちくま文庫は、この『ライフワークの思想』を底本として、削除、加筆をおこなったものである。

まず、身過ぎ世過ぎの仕事とは別に、ライフワークという仕事のあることをめぐって考えたのが第一章。ついで、ただ知識をふやせばいいという知的能力だけでは不充分、自ら考える必要を念頭に大人の学びを考える第二章。さらに、われわれは島国に生きているのだということを再確認するための文章を集めた第三章。そして最後は、文化の根幹としての教育とことばについて考えた章。

三十年も前に出したものを今またむし返すのは、著者としても、気がかりなことであったが、吟味してみると、現在においても有効性を失っていないという自信のようなものがわいてきた。あえて、新しい読者にまみえることにした。読者各位のご理解が得られればこの上ない喜びである。

ちくま文庫の一冊となるに当り、筑摩書房編集部金井ゆり子さんに大小、さまざまなお世話になった。ありがたく感謝している。

二〇〇九年四月

本書は、一九七八年『中年閑居して……』の題名で日本経済新聞社から刊行され、一九八二年『ライフワークの思想』と改題して旺文社文庫の一冊として刊行された。

小津安二郎の食卓　貴田庄

小津映画の真髄は食にあり。とんかつ、天ぷら、ラーメン、カレー……。小津は食を通して何を表現しようとしていたのか。

むかし卓袱台《ちゃぶだい》があったころ　久世光彦

家族たちのお互いへの思い、近隣の人たちとの連帯はどこへ行ってしまったのか。あのころは確かにあったものの行方を探す心の旅。（筒井ともみ）

クラクラ日記　坂口三千代

戦後文壇を華やかに彩った無頼派の雄・坂口安吾との、嵐のような生活を妻の座から愛と悲しみをもって描く回想記。巻末エッセイ＝松本清張

私の猫たち許してほしい　佐野洋子

少女時代を過ごした北京。リトグラフを学んだベルリン。猫との奇妙なふれあい。著者のおいたちと日常をオムニバス風につづる。（高橋直子）

私はそうは思わない　佐野洋子

佐野洋子は過激だ。ふつうの人が思うようには思わない。大胆で意表をついたまっすぐな発言をする。だから読後が気持ちいい。（群ようこ）

神も仏もありませぬ　佐野洋子

還暦を迎えた、もう人生おりたかった。けれど春のきざしの蕗の薹に感動する自分がいる。意味なく生きても人は幸せなのだ。（長嶋康郎）

ちょう、はたり　志村ふくみ

「物を創るとは汚すことだ」。自戒を持ちつつ、機へ向かうときの沸き立つような気持ち。日本の色への強い思いなどを綴る。（山口智子）

東京百話　天の巻　種村季弘編

今、熱い関心を呼んでいるワンダーシティ・TOKYOについての名エッセイを全3冊に集成。本巻では事柄別に東京を眺める。（種村季弘）

東京百話　地の巻　種村季弘編

浅草界隈の店々。路地裏。そしていたるところに見られる坂。日本の顔・丸の内。そこには江戸と文明開化の東京が生きていた。（種村季弘）

東京百話　人の巻　種村季弘編

芸者、芸人、職人と、東京をいろどる人々。さらに、大都市ならでは存在しえない奇人変人たち。幽霊も出てくる東京人間模様。（種村季弘）

英国に就て　吉田健一

故吉田健一氏ほど奥深い英国の魅力を識る人は少ない。英国の文化・生活・食物飲物など様々な面からの思いのたけを語る好著。（小野寺健）

新編 酒に呑まれた頭　吉田健一

旅と食べもの、そして酒をめぐる気品とユーモアの名文のかずかず。好評『英国に就て』につづく含蓄のあるエッセイ第二弾。（清水徹）

脳と魂　養老孟司　玄侑宗久

解剖学者と禅僧。異色の知による変幻自在な対話。二人の共振から、現代人の病理が浮き彫りになり、希望の輪郭が見えてくる。（茂木健一郎）

私の好きな曲　吉田秀和

永い間にわたり心の糧となり魂の慰藉となってきた、最も愛着の深い音楽作品について、その魅力を語る、限りない喜びにあふれる音楽評論。（保苅瑞穂）

世界の指揮者　吉田秀和

フルトヴェングラー、ヴァルター、カラヤン……演奏史上に輝く名指揮者28人に光をあて、音楽の特質と魅力を論じた名著の増補版。（二宮正之）

世界のピアニスト　吉田秀和

アルゲリッチ、グールド、リヒテル……名ピアニストたちの芸術の特質と魅力を明晰に論じる愉しさあふれる演奏家論。（青柳いづみこ）

モーツァルトをきく　吉田秀和

交響曲、協奏曲、室内楽、魅惑のオペラ……演奏史に輝く名盤から新しいディスクまで、モーツァルトをきく喜びをつづる至福のエセー。（天野祐吉）

名曲三〇〇選　吉田秀和

グレゴリウス聖歌から現代音楽まで、音楽史の流れをたどりながら名曲300曲を語る。限りない魅力と喜びにあふれる《名曲の歴史》。（片山杜秀）

言葉を育てる 米原万里対談集　米原万里

この毒舌が、もう聞けない……類い稀なる言葉の遣い手、米原万里さんの最初で最後の対談集。VS.林真理子、児玉清、田丸公美子、糸井重里ほか。

ちぐはぐな身体《からだ》　鷲田清一

ファッションは、だらしなく着くずすことから始まる。中高生の制服の着崩し、コムデギャルソン、刺青等から身体論を語る。（永江朗）

ちくま文庫

ライフワークの思《し》想《そう》

二〇〇九年七月十日　第一刷発行
二〇一〇年五月十日　第八刷発行

著　者　外山滋比古（とやま・しげひこ）
発行者　菊池明郎
発行所　株式会社　筑摩書房
東京都台東区蔵前二―五―三　〒一一一―八七五五
振替〇〇一六〇―八―四一二三
装幀者　安野光雅
印刷所　中央精版印刷株式会社
製本所　中央精版印刷株式会社

乱丁・落丁本の場合は、左記宛に御送付下さい。
送料小社負担でお取り替えいたします。
ご注文・お問い合わせも左記へお願いします。
筑摩書房サービスセンター
埼玉県さいたま市北区櫛引町二―六〇四　〒三三一―八五〇七
電話番号　〇四八―六五一―〇〇五三

ISBN978-4-480-42623-9 C0195